Il ventre di Venere

Stefy Liberato

Il ventre di Venere

Per tutte le violenze consumate su di lei
per tutte le umiliazioni che ha subito
per il suo corpo che avete sfruttato
per la sua intelligenza che avete calpestato
per l'ignoranza in cui l'avete lasciata
per la libertà che le avete negato
per la bocca che le avete tappato
per le ali che le avete tagliato
per tutto questo
in piedi, Signori, davanti a una Donna.

E non bastasse questo
inchinatevi ogni volta
che vi guarda l'anima
perché Lei la sa vedere
perché Lei sa farla cantare.

In piedi, Signori,
ogni volta che vi accarezza una mano
ogni volta che vi asciuga le lacrime
come foste i suoi figli
e quando vi aspetta
anche se Lei vorrebbe correre.

In piedi, sempre in piedi, miei Signori
quando entra nella stanza
e suona l'amore

e quando vi nasconde il dolore

e la solitudine

e il bisogno terribile di essere amata.

Non provate ad allungare la vostra mano

per aiutarla

quando Lei crolla

sotto il peso del mondo.

Non ha bisogno

della vostra compassione.

Ha bisogno che voi

vi sediate in terra vicino a Lei

e che aspettiate

che il cuore calmi il battito,

che la paura scompaia,

che tutto il mondo riprenda a girare

tranquillo

e sarà sempre Lei ad alzarsi per prima

e a darvi la mano per issarvi

in modo da avvicinarvi al cielo

in quel cielo alto dove la sua anima vive

e da dove, Signori,

non la strapperete mai.

William Shakespeare

Prefazione

Questo romanzo non è una semplice storia. Una vita di ribellione e di sofferenze, che trovano la luce nell'amore. Amore, questa parola che negli anni, con il tempo, ha assunto un significato quasi banale. Amore è una parola che non si riconosce più, il suo senso è stato bistrattato, svuotato, a volte calpestato. Ma, negli angoli del mondo, in un giorno soleggiato nella Parigi per bene, Amore ha ritrovato la sua strada, il sentiero che inesorabile si para davanti a ogni essere umano, quello che porta all'esaltazione, alla bellezza, all'emozione di vivere e condividere i propri frutti, passioni e pensieri attraverso il dono più puro, il bene.

Stefy racconta il suo sentiero, il suo Amore. Lo narra con dolcezza ed estrema sensualità. Disegna ogni ciottolo, ogni fiore sul percorso e lo esalta nello splendore della vita, nella vaghezza dei sentimenti che si mescolano e aggrovigliano per creare storie di vita parallele le une con le altre, tutte in costante equilibrio con Lei, la Donna.

Quando vidi il libro per la prima volta e mi accinsi a leggerlo, credetti di rimanerne sorpresa. La mia doveva essere una sorpresa derivata dalla novità, da un amore che non conoscevo, ma non fu così. Quanti volti ha l'amore? Ne esistono infiniti. L'amore di una madre per un figlio, di un figlio per una madre, di un amico per un amico, di un uomo per una donna e di una donna per una donna. L'amore, quello puro, è riconoscibile in ogni sua sfaccettatura e si esprime nel disegno che preferisce, quello che calza a pennello come un abito cucito su misura in una sartoria di

Parigi. Per cui non ne rimasi sorpresa, lo vidi come l'avevo vissuto, semplice e puro amore.

Possiamo paragonare l'amore ad ogni arte: la scrittura, la pittura, la musica, la sartoria. La passione e il desiderio si fondono nelle menti quanto il nostro corpo si esprime nell'Arte. Ed è la delicatezza che ne deriva, la dolcezza dell'animo a pronunciare le note dell'amore.

In questo mondo colorato e a volte dipinto anche di ombre, una precisazione è d'obbligo: non esistono amori perfetti, né amori "giusti". Non si può affermare che quell'amore è corretto e quell'altro è sbagliato e chi si arroga il diritto e la superbia di pronunciarlo, non ha mai incontrato Amore.

Qui, prima di immergere il lettore nelle incantevoli e delicate parole di Stefy, vorrei riportare una frase di Saffo, poetessa d'antichità, che sono sicura riassuma quello che ognuno prova in amore, qualunque amore.

"Subito a me il cuore si agita nel petto, solo che appena ti veda. E la voce non esce e la lingua si spezza. Un fuoco sottile affiora rapido alla pelle, e gli occhi più non vedono e rombano le orecchie".

Benvenuti nel mondo capovolto.

Gloria Macaluso

Lettera alla mia amata Stefy

Era la tua giovinezza in una città dove i sogni brillano come bollicine di un vino prestigioso, dove le stagioni hanno il profumo dell'amore, della libertà e della follia; dove storia, arte, stile, vita si uniscono. Una città per le persone curiose, semplici e complicate, non una città qualunque, è Parigi. Lei ti entra nell'anima, ti riempie e ti svuota, per riempirti ancora di sé; è come se l'oceano accedesse nella tua anima e ne facesse sua dimora. Avevi tutto davanti a te, un'altra vita, di lì a poco tutto sarebbe cambiato, e pure tutto era dentro di me. Lava sepolta dalla cenere, quella cenere che il suo soffio fatto di dolcezza, gentilezza, sensibilità, amore, avrebbe spazzato via e alimentato con cura e dedizione quella materia calda, fragile, plasmandola secondo le regole che madre mia e madre tua avevano concepito e non secondo quelle dettate da concetti e preconcetti, stereotipi che per secoli hanno stretto lacci di vergogna, e disinformazione, soffocando l'amore saffico e rinchiudendolo nel ghetto più squallido dell'eros.

Eravamo unite da un cordone ombelicale invisibile, attraverso il quale Claudette trasferiva ogni forma di bellezza a quell'altra parte. Quella fatta di semplicità, per farla breve, semplicemente Stefy. Negli anni tutto cambiò. La semplicità rimase, ma crebbe Stefy. In arte, educazione, amore. Eppure, il risultato migliore fu l'elevazione del suo concetto di donna a Dea. La sua natura saffica emerse in tutta la sua femminilità e consapevolezza, una piccola regina seduta sul trono della propria diversità. Quella stessa diversità che non ha impedito al suo ventre di generare la vita. Una guerra vinta, senza eserciti e battaglie, ma non priva di sacrifici e sofferenze, lungimiranza e discernimento, amore e razionalità. Questo era l'unico ordine possibile da seguire e perseguire affinché la mia vita avesse un senso e quella di Stefy potesse essere vissuta a pieno così da riscriverla ne Il Ventre di Venere.

Madame Claudette
Maria Victoria Sanclarè

Dolcissima illusione, sono nuova di questo mondo. Mi presento: mi chiamo Stefania Liberato, ma tutte mi chiamano semplicemente Stefy. Sono una donna, mamma, imprenditrice, scrittrice esordiente e pittrice. Appartengo a quel mondo capovolto, non per scelta ma per nascita e questo non ha influenzato la mia vita, anzi credo che sia il mio valore aggiunto. La mia sensibilità, la dolcezza, la femminilità, l'amore viscerale verso la donna genera in me la consapevolezza che amare è l'unica cosa bella che possa esistere.

Con l'amore puoi tutto. Qualunque cosa mi circondi, se vista con gli occhi dell'amore è più bella. Il mio lavoro, i miei amici, la mia famiglia, i miei hobby, le mie passioni, ma soprattutto me stessa. Chiunque mi domanda: come fai? E io rispondo che sono semplicemente Stefy. È nella semplicità che ho trovato la mia grandezza d'animo, quella grandezza che mi permette di scrivere e creare attraverso le mie mani; non dalla mia mente, essa deve essere libera da ogni pensiero per permettere al cuore di parlare. Tantissime mi domandano, a tantissime la mia risposta: le domande non sono mai indiscrete, ma a volte lo possono essere le risposte perché in ogni domanda c'è l'essenza del mondo donna, un modo che genera solo amore. Qualche volta il mio amore non è in grado di rispondere a tanta bellezza, e questo è un mio limite.

Quando ero piccola anch'io come tutte le bambine giocavo con le bambole, andavo matta per i loro capelli e per i vestiti che indossavano. Tutti i giorni andavo in una sartoria vicino casa, dove una piccola donna ricurva sui suoi anni rammendava ogni tipo di indumento. Chiedevo con la voce da piccola donna di poter rovistare tra quei cumuli di stracci e scampoli sapientemente riposti in un ordine che non sono mai riuscita a comprendere. Con cura accarezzavo quei tessuti, li palpavo, li annusavo, assorbivo tutto quello che avevano di nascosto e li riponevo nello stesso verso. Durava ore quella mia scelta, fino a quando le mie mani e i miei occhi non si fermavano. Il mio cuore iniziava a battere forte, e il mio animo sussurrava… è lui, sì, e lui. D'incanto quel vecchio straccio diventava il tessuto più pregiato che potesse esistere. Il mio animo sussultava e la mia mente disegnava la bellezza per poter vestire la mia bambola preferita, Lilly.

Tenevo stretta tra le mie piccole mani quel tesoro appena scoperto, e avvicinandomi alla piccola donna tendevo le mani per mostrarlo.

"Oh, cara Stefy", queste le sue parole, pronunciate con la dolcezza dello zucchero e la fonia di una melodia suonata dagli angeli. Prendeva le mie mani, toglieva il piccolo tesoro e le avvicinava al suo viso. Un viso segnato dal tempo, un tempo passato che leggevo sfiorando le sue rughe.

Sentivo il suo calore che mi attraversava e le corde del mio animo vibravano come quelle di un'arpa angelica.

La notte sognavo il giorno in cui avrei potuto permettermi dei tessuti veri e possedere una sartoria tutta mia dove poter creare e cucire abiti favolosi. Avvolgere corpi sinuosi e scolpiti dall'essenza della femminilità.

Ogni anno, al mio compleanno ricevevo regali che non chiedevo, inutili e privi di significato per me. Un anno, ricordo bene quella data, il 4 luglio 1988, ricevetti tutto il necessario per inseguire i miei sogni.

Da adolescente ebbi l'opportunità di conoscere una donna eccezionale, la quale ha saputo prendere le mie mani e plasmarle con arte, ricordo ancora il suo profumo inconfondibile, essenza di lavanda francese, che dosava con cura sul suo seno perfetto.

Grazie a lei ho potuto realizzare quei sogni e scoprire la mia essenza di donna, sia a livelli mentali che fisici.

Ancora oggi vivo quei momenti con tanto amore e riconoscenza: essi sono la mia vita, la vita che amo e che amano.

Spero che questa vita vi piacerà, come è piaciuta a me nel riscriverla e rivelarla in ogni suo dettaglio. Auspico che a molte lettrici possa ispirare, e insegnare a inseguire i propri sogni.

Avevo 9 anni quando ho letto di Rosa Luxemburg, della storia delle 129 operaie in sciopero, morte nel 1908 nell'incendio della fabbrica dove erano state rinchiuse. Quel giorno mi sono detta: basta bugie, sono saffica. Oggi festeggiamo le donne e i loro diritti. Ricordiamo i loro bisogni, ma soprattutto l'importanza che esse rivestono nella società.

Nella speranza che queste mie riflessioni siano gradite anche a un pubblico maschile, auguro a tutte le donne di poter celebrare non solo oggi, ma tutti i giorni dell'anno, il loro diritto alla felicità.

Madame Claudette

1997, Parigi.

Era un venerdì pomeriggio, giorno in cui le Madame dell'alta società parigina si recavano nella sartoria per ritirare gli abiti sapientemente modellati e cuciti sui loro corpi sinuosi e profumati. Quando entrava Madame Claudette, la mia preferita, sembrava che il mondo intero si inchinasse ai suoi piedi. Bella, elegante, con indosso un abito favoloso, scarpe da sogno. Il suo viso contornato da capelli neri che accarezzavano le sue guance e cadevano su un foulard di corallo rosso. La sua pelle era bianca come il latte e profumava di femmina, le sue mani eleganti e sottili come ramoscelli di ebano. Le sue unghie erano perfette, laccate di un rosso color alizarina e il suo profumo... ah, il suo profumo inebriava la mente e i sensi! Dolce, floreale... Le chiesi molte volte il nome di quella fragranza e lei mi rispondeva "Un giorno lo scoprirai!" Sì, ma quando? La mia mente sognava, navigava in quel mare di fascino e sensualità e anche quel venerdì indossava quel profumo.

Si avvicinò e mi disse: "Stefy, ma bien-aimée..." Mi ricordo, tremavo tutta e con un sottile filo di voce risposi: "Madame Claudette... sa robe de soirée est prête" Lei conosceva perfettamente l'italiano, ma con me non lo parlava mai. Prese il vestito e mi disse: "Une vraie dame ne tremble jamais" sfiorandomi appena le mani. E io, invece, tremavo! Fece scivolare il suo bigliettino da visita tra le mie dita; strinsi le mani con forza e quando lei uscì dalla sartoria corsi in bagno per vedere di cosa si trattasse. Un bigliettino di color oro. Ero tutta un tremore e come iniziai a leggere un calore inatteso infuocò il mio corpo. Il sangue scorreva celere nelle vene come un torrente in piena, le mie labbra erano rosse come una melagrana. D'istinto baciai il bigliettino e alzati gli occhi al cielo sussurrai: "…mio Dio, mi ricomposi in fretta e subito!" Poi pensai che non avevo nulla da mettermi. Come farò?, mi dissi. Ritornata in sartoria chiesi a Madame Teresa di poter restare più tempo perché avrei dovuto cucirmi un vestito per l'indomani. Madame Teresa decise di aiutarmi. Ero felice! La vita mi scorreva dentro come un treno, felice di essere me, Stefy, l'unica sarta ad essere stata invitata per una colazione a casa di Madame Claudette.

Finii tardissimo e corsi a casa, la notte non passava più. Mi rigiravo nel letto come una trottola chiedendomi costantemente perché io, perché questo dono proprio a me. All'alba mi alzai, mi lavai e chiesi alla mia amica di prestarmi la sua collana di perle e lei, tra veglia e sonno, disse di sì. Mi vestii in fretta e solo dopo, quando mi ritrovai alla fermata del metrò mi accorsi di non avere indossato l'intimo… ero nuda sotto il vestito! Un tubino in pizzo nero. La collana di perle bianche, una piccola pochette nera e le mie adorate decolleté color avorio. Chi se ne frega, è solo una colazione veloce!, mi dissi e ricordo queste parole come se fosse ieri: una colazione veloce. Di veloce non ci fu niente tranne il metrò.

Camminavo spedita senza preoccuparmi di nulla, percepivo solo l'aria che mi attraversava e sfiorava la mia pelle. Il mio corpo si muoveva con grazia. Attraversai la strada e alzando gli occhi vidi un palazzo bellissimo. Ho sbagliato!, pensai, allora entrai in un cafè e chiesi se l'indirizzo che avevo fosse esatto. Stupito, scioccato come se avessi chiesto qualcosa di strano, il cameriere rispose: "Mademoiselle, mais qui vous a donné cette adresse" Risposi con tono forte e deciso: "Madame Claudette" Lui impallidì e con voce tremante rispose: "Comtesse Claudette..." sussurrò al limite dell'irritato. "No, no, no..." risposi "Madame Claudette" Il cameriere comprese la mia ingenuità e con estrema gentilezza mi disse "Mademoiselle, tu es une personne privilégiée pour entrer dans cette maison... dans cette maison vit la femme la plus belle et la plus riche de Paris" Mi sentii sprofondare mentre il senso della vergogna risaliva la mia gola. Portai l'indice della mano destra in bocca in segno di totale imbarazzo. E ora cosa faccio?, mi chiesi. Ad un tratto, una finestra si aprì e una voce famigliare mi chiamò: "... ma chérie, tu cherches le petit déjeuner"

Era lei, Madame Claudette. Anche alle 7:30 del mattino era bellissima. Attraversai la strada e corsi da lei. Salii le scale velocemente e mi fermai davanti alla porta. Bussai e la porta si aprì. Come era bella! Il suo profumo mi avvolse come un tenero abbraccio... mi prese le mani e mi fece accomodare in casa. Ci dirigemmo in un salone bellissimo, adornato da pochi mobili; il tavolo era imbandito di dolci, e fiori di ogni genere erano riposti con cura e ordine in un vaso di cristallo. Più a destra, una caffettiera in argento e nell'aria il profumo dei biscotti appena sfornati si mescolava a quello del caffè. I miei occhi danzavano, non sapevo dove guardare. Vicino alla finestra vi era un cavalletto con una grande tela bianca, un piccolo tavolino reggeva pennelli, colori e oli profumati. Dolcemente, Madame Claudette mi accompagnò al tavolo, le sue mani erano morbidissime e calde; la destra teneva la mia mano sinistra e scendeva lentamente su di me sfiorandomi appena nel ballo dei fianchi mentre si agitano; percepivo quel calore fortissimo che mi entrava nelle viscere e mandava in tumulto tutto il mio essere. Ci sedemmo e conversammo a lungo, sorseggiando caffè e mangiando dolcetti. La sua voce era dolcissima, soave, i suoi occhi erano come due gemme di tanzanite, i suoi capelli bellissimi.

Ero inebriata da tanta dolcezza e non avevo più controllo, il calore mi avvolgeva tutta e ad un tratto sussurrai: "Madame Claudette..." furono le mie ultime parole poiché le mie labbra sfiorarono le sue e la mia lingua entrò nella sua bocca e dolcemente mi sedetti sulle sue gambe. Ero seduta su una nuvola di piacere, i miei occhi erano di fuoco mentre i nostri aliti si univano, si contorcevano. Le mie mani erano tra i suoi capelli; poi, a un tratto lei mi disse: "Amore dolcissimo, vieni con me" Io non stavo più nella pelle, ero come un palloncino annodato al polso di un bambino. Lei mi teneva la mano dolcemente, la sua testa appoggiata alla mia. Si fermò e mi disse: "Amore, in questa stanza non è mai entrata nessuna, questa sarà il nostro tempio e tu la mia regina" Stavo svenendo, era una stanza bellissima, luminosissima e al centro ospitava un letto ovale adornato di drappi bianchi come la neve. A quel punto mi ricordai che non indossavo l'intimo, ma ormai a cosa sarebbe servito? Lei fece scivolare sul pavimento il suo vestito di seta bianco; indossava solo una culottes di pizzo bianco. Si avvicinò a me, mi abbraccio e lentamente mi abbassò la chiusura del vestito lasciandolo scivolare dolcemente. All'orecchio sinistro mi sussurrò:

"Dalla finestra mi sono accorta che non indossavi l'intimo"

"Madame…" risposi "…stavo per dirle che lo avevo dimenticato"

Lei mi fermò appoggiando il suo indice della mano destra sulle labbra e disse:

"Da oggi chiamami tesoro dolcissimo"

Ci adagiammo sul letto, chiusi gli occhi e da quel momento la mia mente smise di esistere, respiravo attraverso la pelle, i miei sensi erano fusi, il piacere assoluto adornava il mio corpo. Il suo alito sfiorava la mia pelle, il suo corpo spirava sul mio, i suoi capelli coprivano il mio volto. Ero un corpo unico con lei. Mi parlava, mi adorava come una dea, il suo profumo mi avvolgeva nella mia interezza come in un caloroso abbraccio. Sentivo la sua femminilità dentro di me, sapientemente scivolava con una dolcezza disarmante e le sue labbra caldissime appena mi sfioravano. Il mio corpo era fatto arco che lei sapientemente stava modellando; la mia schiena inarcata, ero pronta per esplodere e urlare il mio amore per lei quando… lei si fermò. Risalì verso di me e iniziò a calmare i miei tumulti di piacere. Mi baciò lentamente, mi sfiorò, soffiò dolcemente sulle mie labbra affinché si raffreddassero. Mi cullava come una principessa, quante parole d'amore che mi disse! Io ero stremata, il sangue fluiva come tempesta nelle vene, il mio piacere era imbrigliato come stalloni bianchi nel recinto, pronti per scoppiare quando lei dolcemente mi disse: "Tenderò il tuo arco dove mai nessuno lo tenderà e quando tu sarai al culmine scoccherò il laccio e libererò il tuo piacere". Quelle parole risuonarono dentro di me come pietre lanciate in un pozzo, un pozzo di piacere, amore, sensualità, complicità, unione ancestrale. Lei continuò ancora e ancora e ancora, ero esausta, ormai i miei sensi erano divorati dal piacere; eppure, il mio corpo era sereno e calmo, anche se la mia razionalità ormai era persa. Ero diventata l'arco che lei tendeva a suo piacimento per dimostrami tutto l'amore che stava provando per me. Il tempo si era fermato, veniva scandito non più dalle lancette ma da quante contrazioni aveva il mio ventre, stremata e in preda al piacere più estremo sussurrai: "Amore, sono pronta..." Allora lei delicatamente tese i miei sensi, la mia sensualità, la mia sensibilità, il mio ego, la mia femminilità, il mio essere donna, amante, generatrice di vita, mamma... e scoccò quel laccio. Ero in preda a un'esplosione. Il piacere correva dentro di me come il magma lungo il camino di un vulcano pronto a tuonare. Un urlo ruppe il silenzio che avvolgeva teneramente la stanza. Il mio ventre singhiozzava e lei come un'ape regina, appoggiata sul calice del fiore, raccoglieva il nettare che sapientemente aveva preparato. Il mio corpo incominciava a raffreddarsi e lei lo riscaldava con il suo, portando alle mie labbra ormai fredde come il ghiaccio quel liquido dolce riscaldato dalla sua bocca. Un lungo bacio, poi stremata appoggiò la testa sul mio collo e mi sussurrò: "Amore, ora sei tu la mia regina, nulla posso più, solo amarti oltre i sensi viscerali del mio essere donna"

In posizione fetale, mi sono addormentata tra le sue braccia. Un sonno profondo, sereno, ancestrale. Lei continuò ad accarezzarmi, amarmi; sentivo il suo alito su di me, e le sue lacrime che scendevano dolcemente sul mio petto. Non so quante volte mi ha detto "ti amo", non so più quanti baci mi abbia dato, non so quanto calore mi abbia trasmesso. Quando ho aperto gli occhi lei era lì che vegliava ancora su di me. Pronta a precipitare ancora nell'abisso del piacere.

Un pomeriggio

Se la scienza è conoscenza delle cose temporali e terrene, la sapienza è conoscenza delle cose eterne. Ambedue, però, sono rivelate in pienezza della creazione del nostro corpo, fatto di materia e anima, il tempio della nostra scienza e sapienza. Queste le parole di Claudette durante una passeggiata un sabato pomeriggio lungo la Senna. Ingenuamente le chiesi: *cosa vuoi dire con queste parole?* Ella esclamò: anima mia, ti racconterò una favola, ascoltala bene.

In un prato delle fanciulle tutte bellissime danzavano, e una in particolare era stupenda e degna d'essere amata. Stephanie la scelse come sposa. Lei, accortasi del suo grande amore, svelò il suo nome: Sofia. Stephanie le giurò amore per tutta la vita, divenendo così una *filosofa*. Nella sua pochezza, si accorse che dall'unione delle parole filo, che significa unione "amare", e sofia che significa "sapienza" ne scaturiva la parola filosofia.

Sofia le disse: grazie per il tuo amore puro, io sono la grande radice dell'albero della vita, cioè l'universo stesso, e non semplicemente il tutto. Per mezzo di questa fusione, dall'intimo della carne, e dell'anima si riceve vita eterna, un'unica fonte di vita. Stephanie non capiva la lingua di questa bellissima sposa scelta con tanto amore.

Sofia è il mio nome, e sono stata la prima fanciulla ad essere creata, la più bella di tutte. Sono il frutto dell'amore divino poetico, riversato nei nostri cuori per mezzo della luce blu dell'etere che ci è stata donata. Parole fortissime per Stephanie che non capiva. Sofia continuava.

Il mio cuore è fatto dell'amore divino, simile alla natura di chi ci ha creato, poiché tutto esiste veramente, solo come parte dell'amore puro, della fonte dell'essere e della verità.

Se questo venisse strappato dalla sua radice, allora è destinato alla morte. Ricorda sempre adorata Stephanie: Infatti chi trova me – dice la Sofia – trova la vita e ottiene favore dall'Altissimo; ma chi erra contro di me danneggia se stesso; tutti quelli che mi odiano e mi ignorano trovano la morte. Io sono la colonna e la fondamenta su cui mi reggo.

Erano parole difficili da comprendere ma nella mia pochezza e ignoranza avevo l'impressione di percepirle, forse per una grazia speciale, non so, sicuramente c'era la presenza di qualcuno molto in alto sotto queste parole. Con voce fioca esclamai: Claudette, per cui, se gli alberi sono baciati e avvolti dal sole, i rivoli d'acqua diventano ruscelli e cadono nelle loro cascatelle luccicando come stelle nel firmamento; se i girasoli e gli altri fiori e il cielo sono in festa per la primavera e l'erba verde ricopre la terra come un mantello, tutto questo è dovuto solo all'amore! È lui che regge le cose? Claudette piangendo rispose: Sì, anima mia, sono tutte collegate fra loro dall'amore, tutte – per così dire – l'una dell'altra innamorate per l'eternità. Allora ingenuamente risposi: Per cui se il ruscello si trasforma in fiume e si getta nel mare è per amore? Se gli alberi svettano nel cielo e vengono baciati dal sole e crescono l'uno accanto all'altro è per amore? E così anche i fiori e l'erba? Rispose: Sì, anima mia. Questo significa che io sono stata creata dai miei genitori per essere dono a chi mi sta vicino! E chi mi sta vicino è stato creato allo stesso modo e in dono per me anche se sono saffica? Affermò ancora: Sì, piccola mia, sulla madre delle madri tutto è in rapporto di amore con tutto: ogni cosa con ogni cosa. Bisogna essere l'Amore per trovare il filo d'oro che unisce le anime di ogni essere vivente.

Dolcissima Stephanie, – riprese il racconto – il mio cammino presto finirà, e il tuo è appena iniziato, nel cielo, un giorno vedrai e me lo auguro, un qualcosa di meraviglioso, sarà una luce con mille colori, come un grandissimo arcobaleno, che unirà alla nostra anima la materia, come è stato fatto milioni di anni fa, ma non è stato ancora compreso. Ripresi io: Prima di incamminarci voglio chiederti ancora una cosa Claudette. Ma questa Sofia tu l'hai vista? Com'è?
A queste parole Claudette mi abbraccio fortemente e singhiozzando rispose: Dolcissima figlia e prediletta, non troverò le parole adatte

per farti comprendere ciò che è più grande di te, e il perché qualcuno ha scelto te, affinché io te lo racconti senza poterti dare una spiegazione comprensibile alla tua mente, so solo che devo farlo con tanto amore. Adesso apri la tua bocca e chiudi gli occhi, io aprirò la mia e l'avvicinerò alla tua, lascerò che il mio animo parli al tuo animo con parole semplici, tu devi solo ascoltarle con il cuore e non con la mente, altrimenti non capiresti.

Stupita feci ciò che mie era stato chiesto, tremavo tutta, la gioia e l'incoscienza si impadronirono del mio corpo, la mia mente uscì dal mio capo e si poggiò su di essa come un'aquila sul nido.

Una voce che mai sentii prima echeggiava dentro di me come una melodia non terrena, era più dolce del miele il suo suono mai sentito prima. Feci un ultimo respiro e rimasi immobile abbracciata a Claudette.

La voce recitava queste parole:

Io sono uscita dalla bocca di chi ha creato l'universo, e come nube ho ricoperto il globo terraqueo. Io ho posto la mia permanenza lassù, sono una regina e il mio trono e sorretto da colonne di nubi. Da sola ho attraversato l'intero universo, ho passeggiato nelle profondità delle acque che ricoprono Gaia. Sulle loro onde e su di essa ho danzato, alla fine mi sono riposata, e su ogni moltitudine e nazione ho preso dominio. Sono di fuoco, e con esso ho intagliato sette colonne e ne ho fatta la mia dimora, tutto è scritto e riposto in uno scrigno a forma di mandorla.

Io sono un dono immenso che ti è stato dato da chi ti ha creato, ti indicherò la via verso il ponte che porta la materia all'invisibile, quel ponte costruito sull'abisso stesso della tua esistenza.

Plauso
Le donne della mia vita

Roberta

È ancora l'alba. Avvolta nella dolcezza, nell'apoteosi della tua bellezza tu indossavi la purezza e la sensibilità adornava il tuo corpo. Respiravo lentamente il tuo profumo, essenza cosmica generata dall'incontro del Sole con la Luna e sapientemente donata all'universo Donna, il luogo di cui tu fai parte, poiché esso è parte di te. In punta di piedi, mi allontano per non disturbare il tuo sonno soave; mi trovo sullo scoglio sopra il quale la mia vita è nata mentre un alito di vento solleva il velo dei miei anni e mi sovrasta un cielo costellato di nuvole bianche. Neanche una stella illumina quest'alba ancora tetra, ma il tuo candore risiede ancora in te e io, regina per poco, vedo il mio castello che si allontana, stanze un tempo promesse come dimora perché la femminilità la pretende. La sua dimora non sono le bianche pietre che adornano un regno; il suo regno pulsa, batte, genera emozioni, gioie e a volte tristezza. I suoi battiti regolano il ciclo della vita; quella vita per me un tempo non troppo lontana che tu hai fermato per magia. La tua attesa è stata lunga: quanta sofferenza hai trasformato in amore e dolcezza! Le tue dita sapientemente cucivano ciò che io disegnavo; leggevi i mie pensieri e chiedevi scusa per ogni cosa. Ammiravi per ore le mie mani dal vetro della finestra che tu stessa pulivi ogni giorno affinché ti permettesse di possedere sempre limpidezza negli occhi.

Sapientemente, carpivi ogni mio gesto e intuivi da dove proveniva tanta bellezza: un semplice foglio di carta bianca, una vecchia matita che custodisco gelosamente.

Le mie mani intrecciavano le linee, le stesse che riposte su quelle stoffe scintillanti avrebbero adornato la femminilità di un fiore. Tu aspettavi, impaziente... tu, l'unica che da sempre legge il mio animo, perché è lì che custodisco il sapere della mia arte, appresa pazientemente e con amore. Tu con la dolcezza che ti contraddistingue aprivi le tue piccole mani e raccoglievi delicatamente quei fogli, fino a quel momento insignificanti. Ma che tu, anima mia, sapevi unire con maestria. Sfuggente, ti guardavo e solo ora mi accorgo della tua esperienza; e solo tanta bellezza può fare certe cose, solo la femminilità pura osa così tanto. Ricordo la tua voce sottile. "Signora, ho finito". Oggi, la stessa voce mi chiama "Amore...", quella stessa voce che disarma i mie sensi e tocca le corde del mio corpo, della mia anima, sfiora la mia femminilità, inebria la mia mente come nebbia fitta. Tu al centro regoli i punti cardinali del mio universo. Tu in poco tempo sei riuscita dove altre hanno fallito miseramente e tu, ora immersa nella dolcissima quiete del riposo, emani amore e io sono qui che ti contemplo ammirata. L'orologio che indossi al polso destro è fermo, non scandisce più il tempo, le sue lancette sono alimentate dai battiti del tuo cuore, un cuore puro. Per te il mio nome è "Amore dolcissimo".

Queste le parole con le quali a me ti rivolgi.

Che cosa sono io per meritare tutto questo? Ti guardo, mi chino dolcemente sul tuo viso, sfioro le tue gote con le labbra… i tuoi occhi mi sorridono e non sono capace di trattenere le lacrime; così, con le mani le asciugo e tu ti volti, sollevi le braccia e con esse adorni il mio collo. Poi con voce soave mi sussurri: "Amore, non piangere… io ti amo". Tremo tutta. Mi adagio sul tuo petto e un pianto liberatorio di gioia irrompe. Tu asciughi le mie lacrime con baci, la tenerezza si è fatta donna. La femminilità è in te, la sensualità è in te… apro le mie braccia e sconfittá difronte a tanta bellezza mi lascio andare come un aquilone portato via dal vento.

Buon giorno, bellezza, Venere è in te. Oh, madre dolcissima, antica dea, ventre che crea e plasma la bellezza, gaia virtù che si perde nel blu dei tuoi occhi! Sei caos e armonia. Smeraldi adornano l'alchimia del tuo concepimento; tu, una casualità che senza pietà avvolge la mia vita e la contorna con dolcezza e lucentezza d'animo. Dorata è la sabbia dove adagi il tuo esile corpo, marea è la tua passionalità, fuoco è il tuo amore per me, follia è miele dorato per i miei sensi… il tempo che fu ora non è più.

Tu, poesia, una lenta odissea e io una buia luminosità che si perde nell'immenso della tua femminilità. In te batte il fuoco dell'amore e il suo calore riscalda la mia eternità.

Nell'eterna lotta tra amore e rassegnazione, passione e dolore tu, mia piccola ancella, hai combattuto per questo amore così grande! Il tuo silenzio avvolgeva tutto, anche la tua bellezza.

La tua bellezza è divenuta la tua corazza forgiata sapientemente con il fuoco della passione per me… quella corazza logora e segnata da tante battaglie ora giace a terra. La tua femminilità e la tua bellezza sono qui adornate dal tessuto più pregiato, cucito dalle tue mani per questo momento. Stringi dolcemente le tue gambe in segno di pudore e io non ho più parole per te. Mi siedo al pianoforte, sono anni che non lo suono più, non sono brava. Il mio francese è arrugginito, ma per te lo farò. Ti copri il viso con un vecchio cappello rosso che porta ancora il mio profumo. Ricordo questa musica, le mie mani accarezzavano i tasti bianchi e neri come accarezzano te… ascoltala, te ne prego, ormai sei tu la Regina. Dolcissima bellezza, anima mia, gioia indiscussa della mia esistenza… ti volto le spalle per nascondere le mie lacrime di gioia, il mio cuore è ricolmo d'amore e la mia felicità esplode come una nuvola di stelle! Tu, dolcissimo amore mio, anche se il tempo distruggerà il mio corpo, io sarò sempre per te come tu lo sarai per me. Il desiderio più profondo della femminilità! La vita sboccerà in te e io mi prenderò cura di entrambe come Luna con Madre Terra. Ti amo, Regina del mio cuore.

***

Seduta al mio pianoforte percepisco nelle note i miei ricordi. Forti e liberi nell'infinito. Il cielo e il suo colore, una gemma di acquamarina, mentre la mia musica narra di te, della gioia e dell'amore tra speranza e paura.

Osserva la mia intensità, la mia passionalità, la mia dolcezza, la sensibilità, la profondità fatta donna e l'eleganza delle mie mani. Respiro la tua femminilità nascosta dietro al fiore che è il simbolo dell'immenso. Le mie mani sfiorano le note dei tuoi sospiri, ma essi non si odono, si respirano attraverso la pelle nella sua totalità. Ho lasciato la chiave fuori dal cancello: ricorda però che l'amore è vita e la vita è prestata e non regalata poiché sarà eterna solo con l'intensità dei tuoi baci. Eccola, quella è la chiave del mio cuore. La tua dolcezza verrà premiata dalla mia femminilità e dal rispetto di me e di te. Il mio castello e il tuo regno, uniti nell'immenso. Dolcissima amica mia, tu sei la mia anima maschile, dietro di me e mai dinnanzi. Distante, ma con la stessa intensità, le nostre vibrazioni si uniscono e danno vita a tutto ciò. Sei unica.

Spesso mi chiedi: cos'è la seduzione? Semplicemente rispondo: essa è femmina. È come una margherita che va spogliata lentamente; è composta da piccoli tocchi di magia. A casa o in ufficio, seduta al parco da sola o con le amiche. La seduzione è figlia dell'eleganza e questa lo è del gusto… il gusto, figlio del particolare. Tutti figli di un'unica madre, la Femminilità. Tu sei unica perché non trascuri mai la tua femminilità, non la baratti con la comodità semmai la sposi con essa. Basta poco per sedurre; mai banale, anche con i capelli raccolti sei femmina. Accavalli le gambe e divieni conturbante.

Ti adagi sul letto perché sei stanca e susciti passione. Compri un paio di scarpe… sei fantastica, perché? Tutto lo fai con femminilità e non con mediocrità.

I particolari adornano il femmineo. Piccoli dettagli che rendono una femmina irresistibile. Conquista la mia mente, e non il mio corpo. Non essere mai ordinaria: l'intelligenza è una virtù, questo è il nostro mondo. Per te che sei lontana, la gelosia è l'architrave dell'amore. Bisogna saper dosare la sua angolazione… sempre, ma con quale strumento? La nostra sensuale intelligenza. Mia adorata, queste parole sono per te.

Mi chiedi come sono e come mi vesto, che scarpe indosso e qual è l'odore del mio profumo. Al cospetto di tanta dolcezza e femminilità mi inchino rispondendo: non sono un modello da imitare. Una semplice e umile sarta innamorata della bellezza e fatta donna. Adoro disegnare, creare e cucire, dipingere e suonare il pianoforte… l'arte della femminilità si trasmette e si coltiva con l'amore! In questo modo è stata trasmessa a me da Madame Claudette, lei, il mio primo amore. Una femmina la cui classe era semplicemente innata; sapienti le sue parole che dolcemente mi sussurrava appoggiando le sue labbra alle mie. Immensa la sua tenerezza.

"Amore compra ciò che le altre neanche guardano, è lì che risiede la magia. Ricordati sempre di non eccedere: la femminilità è come il cognac, va assaporata dolcemente e riscaldata in bocca, e non bevuta. Per i vestiti indossa classici tubini alla Francese. Due centimetri sopra il ginocchio e per le gonne solo longuette un centimetro sotto il ginocchio. Le fodere interne sempre in contrasto con il tessuto e per le camicie rigorosamente bianche o avorio maniche lunghe con risvolti e tailleur..." mi diceva.

E poi "Amore, per le scarpe solo décolleté e lascia stare la moda poiché questa è come il vento che va e viene. L'orologio deve essere maschile e indossato al polso destro, esalta le dita delle mani un solo anello di alta bigiotteria, indice mano sinistra e i gioielli mano destra. Per i profumi solo Eua de Parfum. I miei preferiti li conosci... applico solo una goccia sul seno sinistro per non coprire l'essenza del corpo. Al collo una catenina porta profumo, il mio ricordo. Il ricordo di colei che mi ha amato più della sua vita. Lascia al naturale le labbra, semplice vasellina è sufficiente. La femminilità va esaltata con il corpo e non da ciò che lo adorna" così parlava. "Amata, le donne sono tutte belle! Gli accessori appesantiscono solo il nostro corpo e lo rendono complicato da denudare". Ti dono il mio amore con intensità, passionalità, onestà e sincerità... altrimenti non sarebbe amore. Poi, un abbraccio e un benevolo bacio sulla fronte.

Clairette e Monique

Voi dolcissime avete scosso il mio animo. Clairette… Monique! Ah, ciò che vi lega è stupendo, il vostro amore magnifico. Clairette, tu mi scrivesti chiedendomi aiuto. "Stefy, te ne prego, non sono brava nello scrivere l'amore che provo per Monique. Aiutami, anche se è da poco che ci conosciamo, a te ho raccontato quel che sento nel profondo per Monique. La amo, e mai come ora ho amato qualcuno! Ti supplico, scrivi la più bella delle dichiarazioni d'amore per la mia adorata Monique! Te ne sarò sempre riconoscente. Un bacio".

Così presi tra le dita un foglio bianco, nudo di fronte ai miei occhi e mi adagiai sui cuscini di seta. L'amore scorreva anche nelle mie vene. Iniziai a scrivere.

Mia adorata Monique,

quel giorno ricevetti un messaggio. Mi bastò il suono del telefono, quel *bip*, a rendermi felice. Il cuore mi batteva forte, possente. E mi ripetevo: Clairette, che delusione la tua vita! Non desidero nulla se non l'amore, ma nella mia umile esistenza non ho trovato nulla di tutto questo! Mi sono aggrappata al quel *bip*; eppure, sotto di me era il vuoto, l'abisso senza vita.

Poi, proprio mentre mi stavo lasciando andare, quel bip… Oh, Clairette! Raccogli le forze e tirati su, sono qui. Sono il tuo Amore.

Le lacrime imperlavano le mie ciglia, i miei muscoli erano tesi, ma mi sono rialzata.

Davanti a me, sei apparsa tu. Tu, dolcissima Monique! La tua bellezza è acqua nel deserto, rugiada sui mie petali arroventati dal sole. Come sei bella, le tue parole scritte e affidate all'etere riempiono il mio cuore, un cuore che prima di allora era vuoto, freddo, buio, senza calore... Ma ecco che le tue parole divennero una fiamma ardente: riempivano, scaldavano, illuminavano. Sì, è lei l'amore che stavo aspettando!

I messaggi si susseguivano, le tue parole galoppavano come puledri e si perdevano in vortici dentro di me come gabbiani sull'oceano, quell'oceano che s'agitava sospinto dalla tua voce, dalle tue parole. Mi parlavi della tua vita e io ti Amavo ancora di più. Mi chiamavi e la tua voce rinvigoriva il mio ventre. La tua bellezza era di colonne d'alabastro che inneggiavano davanti a me... oh, Monique! Mia adorata creatura, io non amo solo la tua bellezza poiché quella è sotto gli occhi di tutte; io amo ciò che è dentro di te. Amo la tua vita passata, amo i tuoi difetti. Amo quando ti sei appena svegliata e amo quando sonnecchi. Amo te. Amo tutto ciò che gli altri hanno rifiutato. Amo le tue ferite... le guarirò, curerò le ferite della tua vita e le laverò con lacrime di gioia. Ti ungerò il corpo con l'essenza del nostro amore e ti adorerò come una dea, indifesa. Davanti a te la tua vita passata, ma è solo ricordo perché ora ci sono io! Sto raccogliendo fiori per te e te li donerò appena ci incontreremo. Insieme ricopriremo il nostro amore con i loro petali, i nostri corpi si tenderanno come archi, la dolcezza le corde.

Non ho nulla se non la purezza del mio Amore. Le mie mani lentamente si apriranno e tutto il mio amore scivolerà sul tuo ventre.

Mi inchinerò davanti a te e le tue mani accarezzeranno i miei capelli; sulle tue gambe adagerò la mia testa mentre i miei pensieri più puri entreranno dentro ti te, nel tuo animo e culleranno il tuo cuore.

Sì, Monique, sono qui davanti a te e in ginocchio ti supplico: permettimi di amarti, permettimi di prendermi cura di te, di aspettarti, di lavare il tuo corpo, di pettinarti e prepararti il caffè per poi sussurrare "Buon giorno, Amore".

Insieme scaleremo le montagne che sono dentro di te, io sarò lì al tuo fianco. Quelle cime tanto temute diventeranno prati lussureggianti. Monique, dolcissima creatura, le vette più ardue delle montagne da scalare sono dentro di noi! Ma se la corda che ci unisce è il nostro amore, allora non temere poiché non si spezzerà! Dove tu andrai io verrò, se mangerai io mangio e se tu gioirai io gioirò. Sì, io… perché non può esistere Clairette senza Monique, né Monique senza Clairette.

Il vento ci accarezzerà i capelli, i nostri sguardi si incroceranno e nella nostra macchina viaggeremo felici! Ecco che ci fermiamo per ammirare l'oceano dei nostri desideri, questo mare infinito di speranze; dentro di esso nuota la passione, la femminilità, la bellezza, l'amore, la seduzione. Le mie mani sfioreranno e con dolcezza accarezzeranno i tuoi sensi, mentre il sole bacerà l'orizzonte. Avvicino le mie labbra alle tue, i nostri aliti si incontrano… sussurro ai tuoi occhi: "ti amo" e ti abbraccio teneramente.

Nel mio abbraccio di mamma, compagna, amante, amica, sorella…
in esso tutta la mia forza, il mio Amore, la mia tenerezza, e la mia
debolezza di donna, una donna che ha conosciuto l'Amore con te.
Mi fai vibrare come le corde di una chitarra che strimpella melodie,
che solo la passione più travolgente osa comporre. Mi guardi e mi
chiami "Amore…"

Il mio cuore esplode, prendo le tue mani e le porto al mio seno per
farti sentire il mio battito. Tu sussurri dolcemente: "Clairette, ho voglia di te!"

Una cascata attraversa il mio corpo; le sue acque sono caldissime, sono le tue acque che mi avvolgono, mi abbracciano e inondano i miei sensi… Monique, aspettavo questo momento, lo desidero
più della mia vita. La mia vita che ormai sei tu, il mio cuore batte
solo per te. Affidati a me come io mi affiderò a te e trasformerò la
mia umile casa in un tempio, il nostro, dove tu sarai la regina e io il
tuo trono. Su di me riposerai le tue membra e ti cullerò sulle mie
gambe affinché tu possa regnare per sempre nel mio cuore.
Tua per sempre.

Adele

Il primo treno per Parigi, me lo ricordo. Ricordo la tua
telefonata e il tuo pianto. Adesso corri da me, dai, sai che la notte
non dormo… Mi sveglio presto e non saluto nessuno: la mia
vacanza è finita prima d'incominciare. Il tuo pianto è nel mio animo
poiché ricordo dove i nostri sguardi si sono incontrati la prima

volta, Gallery S. Bensimon. Tu ammiravi i miei dipinti mentre le tue mani accarezzavano i colori. Mi avvicinai a te e toccai la tua mano. Dentro di me sentii un tonfo come piombo nell'anima. Faccio scivolare il mio numero di telefono nella tua borsetta e ti saluto freddamente, distaccata. Sapevo che ci saremmo riviste. Ecco l'appuntamento a Place de la République, quartiere Le Marais, il mio regno indiscusso e mai profanato. Ci sediamo e ordiniamo un caffè. Ti guardo intensamente. Lo vedo, sei frastornata, triste, delusa, non capita, non apprezzata. Il tuo amore non è stato mai palpato e allora ti prendo le mani e le avvicino al mio viso, sono fredde. Le avvicino alle mie labbra calde come lava e tu arrossisci, la tu voce soave: "Stefy, cosa fai?" Apro le mie mani per lasciare le tue e il tuo rossore si dissolve mentre riprendi il tuo racconto. Ti ascolto con il cuore e vedo una lacrima colare sul tuo viso. Mi avvicino a te e appoggio la tua testa a me. Sfogati, sfogati, Adele... i tuoi occhi erano un mare di lacrime che ricadevano sulle mie mani e bagnavano il mio cuore stringendolo in una morsa. Sollevo il tuo capo e avvicino le mie labbra alle tue. Tu mi baci... ti soffermi sulle mie labbra. Oh, ti prego... amami! Ti stringo forte a me, ti accarezzo e trattengo il mio pianto perché sono una regina e le regine non devono piangere. Esse sono state create per regnare.

Trascorriamo tutta la giornata insieme passeggiando e raccontando di noi. Le gambe si fermano davanti a Église de Notre Dame. Ecco un bacio ed entri dentro di me, io dentro di te. Il tuo sussurro: "Ti prego, amami". Non ho fiato in gola e la poca forza ti stringe tutta a me. Il mio telefono squilla. Devo correre a Milano.

Mia madre: *Stefy, ti prego vieni.* Ti racconto di me e della pena che sta tormentando il mio animo. "Ti prego, aspettami, adesso devo andare ma ritornerò presto!" E tu rispondi: "Stefy, amami".

Prendo il primo taxi e ci ritroviamo a casa mia. I nostri corpi si spogliano degli abiti e si lanciano in un galoppo senza fiato. Essi come archi si tendono e la tua dolcezza disarma la mia corazza; la tua voce: "Tienimi stretta, non voglio più tornare in quella casa buia, fredda! Sì, amore, rimani qui!" Ma io devo partire, ritornerò presto. Un viaggio lunghissimo mentre il mio pensiero, il mio corpo, la mia anima, la mia testa, sono rimasti su quel letto, li ho abbandonati lì. Le tue telefonate accorciano il tempo e dimezzano le distanze. Il mio cuore è in pena, colei che mi ha donato la vita mi aspetta e io sono arrivata. La tua telefonata: "Torna presto"

I giorni passano come sabbia in una clessidra. Alle 23:00 la tua telefonata: "Stefy, sono libera, la mia prigione è finita!" Ed io: "Adele, parto con il primo treno e vengo da te. Parigi, amore! Sono tutta per te".

Tremo e conto i secondi, i minuti, le ore. Orfeo non è qui con me questa notte e Afrodite veglia sul mio animo e infonde in me la sua forza. Manca poco a Gare de Lyon. Sei alla stazione da quando sono partita e mi aspetti. Vedo il tuo cappellino nero, i tuoi capelli biondi e la tua sciarpa. Sto arrivando. "Ti prego, fai presto…" Il treno arriva alla stazione e mi avvicino al finestrino; ecco, i miei occhi ti cercano. Sì, sei tu, Adele. La fretta è inesorabile. Volo lungo il corridoio della carrozza e impaziente aspetto che le porte si aprano. Tu esulti e allunghi le tue braccia, mi cerchi attraverso l'aria ed eccoci, finalmente. Mi tremano le gambe. Oddio, come sei bella! Scendo, ma solo un piede tocca la buona terra di Francia e le mie labbra sono già sulle tue. Dietro di me, solo voci: "Mademoiselle, il faut descendre." Anche l'altro piede tocca lentamente la mia terra, ma io sto volando...

Ancora baci, lunghi interminabili. Le nostre labbra sono un tripudio di amore.

"Sei qui, Stefy, amami!"

"Adele, amami!"

I nostri corpi si librano in volo. Il taxi è solo un guscio poiché ormai niente e nessuno si frappone tra noi. Siamo sole e nel mondo il silenzio ci circonda mentre il caos cittadino allieta la Vigilia di Natale. Entriamo in casa, mai il mio regno è stato così bello: luci scintillanti illuminavano la sala, l'albero, gli addobbi, i regali, la tovaglia, i calici e una bottiglia di Barolo. Poi, quel profumo che io adoro: ambra, linfa della terra. La gioia del Natale scende nei nostri cuori.

"Adele, è tutto stupendo, mi commuovi..."

"Stefy, è il Natale più bello della mia vita. Aspettiamo per scartare i regali!"

No, la notte può aspettare. Adele apre i suoi regali e gli occhi le si illuminano. Le lacrime di gioia bagnano il suo volto.

"Stefy, ti amo... ti sei ricordata del mio sogno"

"Sì, Adele.... i sogni a volte si avverano"

"Stefy, i tuoi sono nel nostro tempio. Adorna il mio corpo con il tuo regalo"

Amami e ti amerò. Seducimi e sarai sedotta. Tu femmina, io donna. Amami, baciami, sfiorami. Sì, respirami, sono dentro di te… sono tua. Accarezzo il mio corpo e dietro di me distinguo il tuo riflesso. L'equilibrio perfetto: tu sinuosa ti muovi dentro di me e le mie acque adornano il tuo corpo. Un respiro, il tuo alito dentro di me divora la mia passione. Ecco l'abbandono dei sensi, turbine di follia che ci avvolge in un morbido abbraccio. La seduzione è femmina, lo sai, e si muove nei meandri dell'universo Donna lasciando solo gocce sui corpi infuocati dalla passione, solo respiri e niente altro. Un soffio caldo avvolge la mente e il tuo battito e dentro di me.

Orfeo non ebbe dimora quella notte, Afrodite e Venere danzarono fino al sorgere del sole. I nostri corpi avvolti in un tenero abbraccio giacevano sull'altare del nostro tempio, nell'olimpo dell'amore. Amore, sì, il sentimento più nobile e forte che l'universo Donna custodisce.

Adele, tu ora dormi dolcissima e le lenzuola avvolgono parzialmente il tuo corpo, i capelli scendono e coprono il tuo seno, le mani stringono ancora la mia anima. Vorrei legarti a me e svegliarti appoggiando le mie labbra alle tue. Allora, mi avvicino al tuo viso, il tuo respiro zuccherato scende come neve nel mio animo mentre i nostri odori adornano il tuo corpo. Ti accorgi che sono accanto a te; ti volti e disarmi la mia esistenza sussurrandomi: "Amore…" Oh, Adele, amare te è il senso della mia misera vita. Sei entrata come un uragano, la mia esistenza è oceano in tempesta e io in preda alla paura apro gli occhi e vedo te; poi, vedo lei. Ah, la vita che in te crescerà! Sì... sono finalmente a casa, adesso guidami tra le tue braccia che sono stanca e voglio solo amarti, mia vita, mia esistenza, mia adorata! Amami come io amo te e perdona le mie paure, la mia fragilità, la mia sensibilità di donna; perdona la mia anima e perdona il mio corpo... perdona il mio cuore.

Lione, 7 aprile 2008

Mia adorata Samanta,
sono qui seduta sulla panchina della stazione, aspettando il treno che finalmente mi porterà tra le tue braccia. Il profumo della primavera è intenso, un'essenza che avvolge la mia anima, inebriante come l'odore della tua pelle.
Affiorano alla mente i ricordi del nostro ultimo incontro, essi sono ancora vivi sull'epidermide del mio ventre. Ogni mattina da quel giorno ho annusato il tuo odore, i pori della mia pelle come scrigni custodiscono quella fragranza che racconta di te e di me.

Sono ricordi e tu sai che non possiamo vivere di essi o con essi. Mi mancano le tue mani, il tuo respiro, i tuoi capelli... perdona il silenzio di questi giorni, era doveroso da parte mia. La tua telefonata ha scosso il mio cuore come un terremoto fa con Madre Terra, la tua voce tremante risuona nella mia anima come tamburi in una marcia di guerra e le tue parole sono nodi alla gola, la tua sofferenza è la mia sofferenza. La decisione di lasciare tutto per me alimenta la mia sofferenza e le lacrime inondano il mio viso come un fiume quando rompe gli argini e straripa. Non sono lacrime di gioia e tu lo sai, la tua vita è in gioco, e non solo la tua. Sono consapevole che tra voi è tutto finito anche se non dovrei... ma i tuoi bambini! A loro ci hai pensato? Conoscendoti no, ormai sei fuori controllo, la femmina che è in te si è risvegliata, la colpa è mia. Sì, una colpa che tale non è mi sta logorando l'animo senza risparmio e ogni centimetro del mio corpo soffre... il mio corpo che tu adori e veneri come fosse una dea.

Samanta, tu sei miele dolcissimo sulle mie labbra, ma dentro di me scendi come l'assenzio inebriando la mente e divorando i sensi... come posso dimenticare? Come posso lasciarti? Per me è doveroso, quasi un obbligo restarti accanto. Tu sai che non esistono regole, compromessi che possono fermare l'impeto della passione che avvolge le nostre anime. Oh, luce dei miei occhi, ti scongiuro diventa buio per me, te ne prego! Il mio respiro è denso come fumo, scende lentamente come la bruma della notte avvolge la sera e l'attesa del treno mi rende nervosa, il pensiero che tra un'ora sarò tra le tue braccia è rovo ardente per me. Il fuoco della passione inonda le mie gambe e sale fino alle viscere. Samanta, amore dolcissimo, sto arrivando.

Un dolce suono annuncia l'arrivo del treno che presto mi porterà da te. La voglia di telefonarti è tanta, mi trattengo per non prolungare la mia sofferenza e in lontananza vedo le luci del treno: due occhi scintillanti che si fanno largo nell'oscurità e lentamente si avvicinano; la loro luminosità riscalda il mio cuore. Sì, eccolo… il frastuono dello sfrigolio sulle rotaie è musica dolce per me. Irrompe la quiete della stazione. Chiudo velocemente il mio diario, lo ripongo in borsa e corro al binario. La mia corsa è frenetica, le gambe si muovono spinte solo dalla passione, quella passione che ci unisce come il mare avvolge la terra. La mente non ha più controllo sul mio corpo e allora sorrido, mi faccio largo tra la gente e corro incontro al treno. Quel treno sei tu… sto arrivando da te!

Il treno si ferma e aspetto impaziente che le porte si aprano. Sono un tremore unico; tengo strette le mani per imbrigliare l'ansia e la gioia. Attimi, solo attimi… per me sono interminabili ore! Finalmente le porte si aprono; alzo gli occhi e il fiato mi si ferma in gola: davanti a me ci sei tu… no! Non è possibile. Sei proprio tu. Samanta.

Salgo il primo gradino, l'emozione è fortissima, tu apri le tue braccia per accogliermi. Lascio cadere la borsa e le mie braccia stringono le tue; poi, i nostri sguardi si intrecciano. Le nostre labbra si avvicinano e riesco solo a sentire un brivido che corre veloce lungo la mia schiena e attraversa tutto il mio corpo come un fulmine quando colpisce e squarcia un albero. Ah! Il cuore batte all'impazzata quando una voce irrompe in quell'attimo di quiete cosmica: Madamoiselle, votre sac... ci spostiamo per permettere alle persone di scendere e salire nella carrozza ma nessuna parola esce dalle nostre bocche, solo carezze, sguardi, respiri. Ferme l'una difronte all'altra continuiamo ad amarci senza toccarci e il treno riparte. Tu prendi la mia borsa adagiata a terra come un soffice fazzoletto di seta, percorriamo tutto il corridoio della carrozza fino allo scompartimento e lo troviamo vuoto. Siamo fortunate, è tutto per noi. Sì, perché l'ho prenotato tutto!, esclama Samanta. Le sue parole colmano il mio cuore: mai nessuna ha fatto questo per me. Ci sediamo l'una accanto all'altra e lentamente incominciamo a prendere possesso dei nostri corpi, che fino a qualche istante prima aleggiavano come brezza sollevata dal vento. Samanta con la sua voce soave esclama: Stefy, mia dolcissima illusione, non potevo aspettare, dovevo venire da te. L'attesa era troppo lunga, stava strozzando la mia anima.

Prendo le sue mani, le avvicino al mio volto, le bacio, le lascio scivolare sul mio petto affinché possano percepire e ascoltare il battito del mio cuore... piccole lacrime come gocce di rugiada bagnano il suo volto. Si avvicina… le nostre labbra si sfiorano… si toccano. Le nostre lingue si intrecciano delicatamente come petali di rose lasciati cadere dal vento; allora, lascio le sue mani e ci stringiamo dolcemente come le dita che sfiorano le corde di un'arpa. Adagio, i nostri corpi si posano sul sedile della carrozza. I suoi capelli inondano il mio viso; il calore dei nostri aliti è un turbine di passione, sensualità, dolcezza, amore. Le nostre mani cercano la pelle ricoperta dai vestiti e i movimenti sono scanditi dai battiti dei nostri cuori. Le mani si sfiorano, accarezzano la nostra pelle con una delicatezza disarmante. Quanto amore in quei piccoli gesti! La passionalità con il suo impeto lascia il posto all'amore, un amore puro fatto solo di essenza, di autentico senso tattile, carezze delicate come nuvole in un cielo color cobalto, come il sole al suo sorgere quando lentamente avvolge Madre Terra e la scalda per generare la vita e risvegliarla dal sonno della notte.

La porta dello scompartimento si apre all'improvviso. Un colpo di tosse: Madame, s'il vous plait favoriser les billets?

Ci stacchiamo come due pianeti che si allontanano dalla loro orbita gravitazionale. Con le mani tremanti e un senso di vergogna apriamo le nostre borsette e consegniamo i biglietti al controllore. Il suo sguardo basso, il rossore del viso e quell'aria dolcissima che circondava la sua corporatura esile ma fiera del lavoro che svolgeva chiedeva ancora scusa in ogni gesto; un rispetto disarmante per aver interrotto un momento governato dall'amore così puro che anche lo scompartimento rispettava mostrando tutto il suo silenzio.

Rivolgendosi a me con voce soave disse: Madame, pardonnez mon intrusion, c'est mon travail. Je m'excuse encore, je vous souhaite un bon voyage.

Delicatamente chiuse le tendine dello scompartimento e con molta grazia uscì da esso socchiudendo la porta.

Questo fu l'unico frammento temporale che interruppe il viaggio delle nostre anime. Ci guardammo intensamente… un sorriso dolce illuminava i nostri volti e ricomposte decidemmo di iniziare una lunga conversazione che da lì a poco sarebbe diventata una confessione dell'anima più profonda.

Iniziammo con dei convenevoli piacevoli, parlando della giornata precedente, e di ciò che l'aveva caratterizzata. Samanta non aspettò più di tanto e rompendo gli schemi esordì: Stefy, io ti amo. Per te sono pronta a tutto…

Il mio sguardo si bloccò, il mio respiro smise di alimentare il corpo, la mia mente cessò di dare voce alle mie parole… ero pietrificata davanti a quelle parole dette con l'amore più profondo che una donna possa generare dentro di sé.

Persa in quelle parole avvicinai le mie labbra alle sue e lei avvicinò le sue alle mie, come nell'ultima esalazione del nostro respiro i nostri aliti si fusero e lei scese in me e io dentro di lei. Il suo alito era caldo, dolce e forte come arsenico... le sacche lacrimali grondavano lacrime di passione struggente, fredde come il ghiaccio che scendevano lentamente bagnando i nostri visi. Le mani divennero solchi dove esse si incanalarono come torrenti esausti dalla siccità estiva attraversavano i miei polsi, salate, scesero lungo le mie braccia fino ai gomiti, goccia dopo goccia si lasciavano cadere come piombo fuso sulle mie cosce. Restammo così fino a quando ci svuotammo completamente... le mani, i capelli, i nostri battiti, il nostro intero corpo era immerso in una linfa densa come le secrezioni dell'ovulazione più feconda. Raccolsi le mie ultime forze terrene per esalare l'ultima parola: Perdonami... Un dolore fortissimo al cuore, un dardo trafigge il mio cuore precipitando nel mio animo, lasciandomi senza respiro. Il mio corpo si adagia lentamente sui sedili della carrozza. Il corpo di Samanta segue il mio, sento il tonfo della sua anima dentro di me... i suoi capelli ricoprono il mio viso, il collo, il mio petto e un lunghissimo sospiro riempie i miei polmoni. L'aria entra dentro come lama affilata squarciando ogni cosa. Le mie mani si adagiarono sul corpo di Samanta e i suoi singhiozzi rimbombavano sul mio petto; le lacrime e la saliva bagnavano l'incrocio dei miei seni, il suo ventre singhiozzava e le mie mani cercavano di contenere tutto quel dolore, ma non riuscivano a farlo. Scivolava come neve sui pendii verticali delle vette più alte che dominano la terra.

La razionalità aveva devastato tutto come una valanga staccatasi in piena notte con la sua furia e travolgendo ogni cosa senza pietà alcuna, incurante delle ferite che lasciava dietro di sé.

Una voce soffocata dalle lacrime usciva da quella bocca così dolce che un tempo riscaldava la mia pelle, raccoglieva i tumulti delle mie acque infervorandole con passione e amore. Ruppe quel silenzio fatto di tristezza e dolore: Stefy, non lasciarmi, io ti amo. Quelle parole squarciarono la mia mente e spazzarono via l'ultimo baluardo della mia razionalità eretto a sua difesa e a difesa dei suoi figli, della carne che lei stessa aveva generato.

Una forza primordiale raccolse il mio corpo privo di anima. Le mie braccia strinsero il suo corpo con forza e il mio calore riscaldò il suo corpo come una fiamma ardente scalda la notte più fredda dell'anno. La mia bocca cercò la sua con impeto, con amore. La mia lingua entrò in lei irrorando tutta quella forza che avevo imbrigliato nella mente. Tutto l'amore che avevo soffocato in nome di una razionalità smisurata e senza alcun senso lo feci scendere nel suo corpo e mi svuotai trattenendo solo la sofferenza. Le uniche parole: Scusami per aver trattenuto ciò che era tuo fin dal primo giorno, anima mia, rivivi in me e io ti amerò più della mia vita, più della vita che dentro di me è nata e si è fatta carne della mia carne.

Il suo corpo smise di singhiozzare, le sue mani accarezzavano il mio viso, la sua bocca baciava la mia, le sue carezze erano di una dolcezza angelica, con le dita pettinava i miei capelli mentre baciava le mie ciglia e i miei occhi. Le mie lacrime sulle sue labbra brillavano come stelle al chiarore della luna e le mie mani cercavano i suoi fianchi, scivolavano dolcemente nel centro gravitazionale del suo ventre. Ormai eravamo prede di Afrodite, non c'era nulla che ci collegava a questo mondo. Lei fece leva sulle gambe e dolcemente si alzò e mi permise di immergere le mie mani nel liquido del suo piacere che ormai grondava come pioggia in un temporale a notte fonda. Poi lentamente si rannicchiò su di me, mentre il suo respiro iniziò a galoppare dolcemente senza meta nello spazio sconfinato del cosmo che circonda l'amore più profondo. I nostri corpi erano fermi, solo i respiri regolavano lo scorrere del sangue nelle vene. La fusione tra anima, cuore e carne era al culmine e quella galoppata sembrava non terminare mai. Scatti improvvisi, per poi fermarsi e ricominciare per conquistare la cresta di quell'onda che solo l'amore puro genera, quella cresta dove solo la fusione cosmica di due corpi in perfetta armonia può osare arrivare. Al culmine dove non esiste confine tra cielo e mare, aria e terra, fuoco e acqua, vita e morte; dall'alto il tunnel della vita che si ingrossa generato dalla forza della passione e dell'amore. Rimanemmo su quella cresta attimi infiniti… tutto è compiuto.

L'amore allarga le sue braccia rompendo quell'onda, i corpi si abbandonano senza più governo, senza più scheletro che li sorregga e tutte le forze si uniscono in una sola. Ciò che prima era un tunnel privo di energia e di vita all'improvviso diventa generatore di vita, un fiume impetuoso si prepara a percorrere quel tunnel con tutta la sua forza: la forza dell'amore, della vita, della passione. Le sue acque bianche come latte, quel latte che viene succhiato da piccolissime labbra generate dall'impeto di questa forza celeste che irradia l'universo con una luce a tratti irreale. Le nostre bocche si avvicinano e i nostri occhi si chiudono. I denti mordono le labbra per trattenere ancora una volta quell'onda incontrollabile che da lì a poco inonderà i nostri corpi. Le mie mani e il mio stesso corpo diventano terra dove queste acque trovano la quiete.

Il treno irrompe nel silenzio della notte, il suo correre inizia ad avvolgere i nostri sensi mentre i corpi ormai sfiniti si stringono ancora una volta, ancora più forte, più forte anche dell'amore con la consapevolezza che la razionalità è la nemica della magia che avvolge ogni essere, siano essi donna o uomo non importa, l'importante è accarezzare con l'anima e parlare con il cuore. Questo è amore. Il sentimento più forte, più devastante e più puro che ogni donna ha dentro il suo essere. Il suo essere donna. Con questo pensiero che ti sussurro chiedendoti ancora perdono ti giuro amore eterno, tua per sempre.

Jessica

Creare è un'arte sapiente, dove le mani eseguono gesti che sono dettati dalla fusione dell'anima e il cuore. Felicità non è una parola qualunque, un sentimento grande, che riempie il nostro cuore e colma la nostra anima. La felicità, essa non aspetta di essere vissuta, ma va cercata, trovata, coltivata, accarezzata e donata non con le mani, con il cuore. Attraverso il nostro amore, una carezza, un sorriso, un bacio o un respiro la vita stessa è felicità e gioia. Le sue ali sono la nostra anima, prendiamoci cura delle sue ali è lei volerà sempre... vuole solo volare e non possiamo trattenerla. Quando dico ti amo, quando cerco un ti amo. Ti amo... cinque lettere aspettano impazienti di unirsi e per farlo ci vogliono due cuori, due battiti. Ti amo, amo te. Un solo battito: la dolcezza di un tenero bacio, come le note di un pianoforte raccontano la storia di cinque semplici lettere che hanno deciso di unirsi per un attimo, per una vita, per l'eternità.

Vivienne

Vivienne, anima mia. Costantemente mi chiedi dove prendo la mia dolcezza, non lo so neanche io. Forse è un dono, essa però viene alimentata dall'amore verso l'arte che in me è innata. Sono in macchina, la pioggia tamburella il parabrezza e ti dedico tutte queste gocce affinché possano essere essenza come lo sono per me. Questo è l'unico cibo che nutre la mia anima.

Mia adorata Vivienne, so quanto tu stia soffrendo… ci sono passata anche io. Ti sono sempre vicino, ma non potrò mai essere tua, lo sai, io saffica e tu amazzone, il tempo spazzerà via tutto. La tua voce scende nelle mie viscere e mi scuote come una bandiera al vento, non devi dimostrare nulla poiché la tua bellezza dev'essere colta come un morbido fiore e non strappata. Sono sicura che un'anima la raccoglierà. Sono sempre vicino a te. Il giorno è vicino, lo sento. Quel giorno piangerò di gioia per te perché voglio che tu sia felice. L'amore fa soffrire, lo sai. Tu, amazzone, sei più forte di me. Ti potrò abbracciare solo quando il tuo cuore sarà di un'altra, ma in questo momento solo il mio è di un'altra. Se la tua fragilità sfiorasse la mia tutto sprofonderebbe e né io né te lo vogliamo. Leggi le parole di questa poesia e ascoltale… tanti anni fa Madame Claudette fece la stessa cosa con me. Ti voglio bene, amica dolcissima. Non esiste al mondo un ballo più sensuale della seduzione e se ballato da due donne diventa sublimazione.

Isabelle

Dolcissima Isabelle, non so se ci sarà concessa un'altra vita, ma voglio sognarlo insieme a te fino alla fine dei nostri giorni. Voglio che tu sappia che quando l'ultimo respiro uscirà dal mio corpo e bacerà le tue labbra il mio esile alito pronuncerà: "Sì, ti amerò anche in un'altra vita", perché amare te farà diventare questo sogno realtà. Oh, sì. Amami e ti amerò; seducimi e sarai sedotta. Tu femmina, io donna. Amami, baciami, sfiorami… sì, respirami, sono dentro di te… sono tua.

Orianne

Mia adorata Orianne, non possiamo dimenticare mai questi momenti anche se è finita poiché l'amore lascia solchi profondi nel nostro animo e lacera il cuore, ma lo fa anche gioire e lo riempie. Non c'è posto per i rancori perché allora questi momenti saranno solo polvere che il vento disperderà nell'infinito senza abbandonare dietro sé nessuna traccia. Solo l'amore è traccia già segnata nell'universo del quale noi, cara, siamo le stelle più luminose. Poiché l'amore è il sentimento più nobile e forte che l'universo Donna custodisce. Il nostro cuore è il suo scrigno e l'anima è il suo lucchetto, così la chiave sarà la tua dolcezza.

Perché soffermi lo sguardo sul mio corpo? Chiudi gli occhi, ascolta con i sensi e il sussultare della terra, la forza del mare, la luna madre nostra e unisci tutto in un solo respiro; poi, calati nelle acque che generano la vita. Se mi ami, diventa acqua, terra e luna e non ti curerai più del mio esile involucro ormai invecchiato e segnato da mille naufragi... il vero amore! Il suo segreto! Se solo leggessi i miei occhi lo troveresti ogni volta, ma tu non vuoi leggermi. Vuoi solo sfogliarmi. Lascia stare le pagine della mia vita, mettile da parte e sprofonda nel mio animo dove è custodita la mia vera bellezza. Adagia il tuo capo su di essa e lasciati trascinare dalla risacca delle mie emozioni che solo la luna conosce. Essa regola la mia rinascita, seguila con la tua essenza di donna e di uomo e solo allora potrai ammirare la mia vera bellezza. La bellezza di una donna non la puoi toccare, sfiorare nemmeno perché non sapresti dove cercare. I miei occhi ti indicheranno dove si trova, le mie labbra ti sussurreranno come fare. Ascolta il mio animo e calati nel profondo di esso, annega dentro di me. La mia dolcezza ti prenderà per mano e ti condurrà nella mia mente. Lascia qui i tuoi pensieri, abbandonati e fatti cullare dal mio respiro. Chiedimi, tu sai che le domande non sono mai indiscrete, a volte lo possono essere le risposte, ma le mie sono conservate nel mio cuore, devi solo leggerle.

Anne

Buongiorno, Anne, dolcissima dea. Ben alzata. Le tue labbra odorano di caffè, la mia anima canta di te. Possa oggi essere un giorno di felicità pura, di gioia che renda il tuo lavoro, qualunque esso sia, non un impegno ma un lieto scorrere del tempo. Forza, perseveranza, coraggio e determinazione; sopportazione, amore e seduzione. Ecco, esse non richiedono lo stesso tempo? Sì, anima bella, tale nella tua immensità, abbi l'audacia di affrontare tutto con amore. Guarda le mie mani, i miei capelli e il mio corpo in completa armonia. Tu, pianoforte, ecco i tasti della tua anima: le note, la tua sensualità; la musica, il tuo respiro.

Josette

La tua voce scende dentro di me come una cometa che oltrepassa la stratosfera e si schianta nelle profondità del mio animo. La tua fragilità è visibile, ti stringi con quelle esili mani, il tuo corpo è avvolto da quel velo di angoscia e di paura. Dolcissima, piccola dama, tu... sì, proprio tu. Ami ciò che fai e sei presente per tutti. Grandi responsabilità pesano come macigni sulle tue esili spalle. Io parlo sottovoce e i denti mordono le mie labbra mentre trattengo le lacrime dentro di me; tu impaurita e fragile, io forte, egocentrica, irriverente, a tratti sfacciata e spudorata mordo la mia carne per non esplodere in un pianto senza fine. Farò tutto per te fino a quando avrò le forze terrene, e quando anche quelle finiranno baratterò la mia anima per la tua felicità, piccola luce profonda. Sei tu che tieni accesa la mia misera vita poiché io vivo solo per vederti felice, amata, amata e ancora amata. Vorrei stringerti forte e tenerti per sempre con me, ma così non sarà perché sarebbe una violenza a me stessa rinnegare ciò che in me è, e io posso solo donare e trattenere le lacrime. I tuoi occhi impauriti mai vedranno le mie lacrime poiché dovranno vedere solo i miei sorrisi; oh, piccola dea immortalata nel mio animo come un obelisco nel deserto, quell'obelisco simbolo dell'ancestrale sincronismo cosmico che regola le fasi della madre luna e che detta il principio delle contrazioni dei nostri sensi; io sarò lì, immobile, nascosta dalla mia pochezza e ti ammirerò. La tua fragilità è divenuta forza e le tue piccole braccia ora sono ali possenti che ti permettono di volare dove nessuno osa andare; ora sei un'aquila forte e sicura e domini la scena in ogni sua circostanza, sei la regina indiscussa della tua femminilità. Sì, ora posso solo ammirarti e sfiorarti da lontano, trattenere le lacrime di gioia e mordermi le labbra, quelle labbra che un tempo tu adoravi e che ti sussurravano parole dolci. Ora vengono morse per trattenere la gioia e il dolore e devono nascondere tutto ai tuoi occhi, mia piccola e giovane regina. Mio tesoro, ora tocca a te, sii fiera di te e dei tuoi ricordi, del tuo amore, e non permettere mai a nessuno di impedire il tuo volteggio; ama sempre come l'animo ti comanda; tieni chiusa la porta della mente e spalanca sempre la tua sensibilità; poi, metti a guardia della tua vulnerabilità la tua intelligenza e circoscrivi la furbizia con il tuo amore e trasformala in verità. Ecco, queste sono le parole che mai ti ho voluto dire; le ho dette dentro di me perché avevo timore che tu non le ricordassi; ma tu, le ricordavi, le sussurravi mentre io vegliavo su di te e anche allora alzavo gli occhi alla notte affinché le lacrime non bagnassero il tuo viso. Dormivi e la tua mano mi cercava, sorridevi e la dolcezza del tuo sonno inebriava la mia mente. Ecco, piccola dea, tu hai creato dentro di me la tua immortalità senza saperlo e inaspettatamente. Ora, vai… il mondo è ai tuoi piedi, e ricorda sempre: tu sei nel mondo, ma non sei del mondo. Tu sei Stefy. Io sono Stefy.

Buongiorno, Josette, mio dolcissimo miele. I tuoi messaggi volano come polline. Quanto amore c'è in ogni lettera, in ogni parola o frase. Leggo, rileggo e assaporo; spalanco le porte della mia mente e mi affaccio alla finestra per ammirare la tua bellezza. Lo sai, questo piccolo pianeta virtuale popolato di anime dolcissime tende le mani in segno di dono e dona parole preziose come pepite incastonate nella vita. La vita è una roccia preda degli elementi e levigata dal tempo nonché corrosa dagli eventi, ma sì, pur sempre vita. Porgo a te il sole e posso solo risplendere nei tuoi occhi, illuminare questa giornata meravigliosa, una piccola perla di rugiada che si aggiunge alle altre e insieme formano la collana che adorna la nostra esistenza. Dee e Dei di rara bellezza, questo noi siamo. Sei realtà che danza sulle ali dell'effimero, quella sottile linea di demarcazione che separa la realtà dall'illusione. Riapro gli occhi e avvicino le dita della mano sinistra alle mie labbra, ti dono poi un piccolo bacio… raggiunga esso il tuo animo e lo colmi di amore quell'amore che inconsapevole mi doni ogni giorno con poche parole, "buongiorno".

Parigi, 4 marzo 2019

Eccomi, sono qui, e guardo la gioia nei tuoi occhi, in questo giorno che di bello ha solo te. Mi hai voluta raggiungere nonostante i tuoi problemi; tu esisti, sei vera come me! Sai, non sono mai stata gelosa, ma ora questo sentimento cresce dentro me. Insieme abbiamo accettato il giudizio finale; sì, proprio qui, nella mia amata Parigi. Tutto è iniziato più di venti anni fa... nei momenti bui si conoscono davvero i cuori delle persone che ti stanno accanto, non è vero? Tu sei un'amica e scrivo queste parole perché non ho la forza di pronunciarle. Non so come finirà, ciò che è scritto non è in capo al destino che si deve ricercare. Forse solo una deviazione, poiché le nostre vite potrebbero dividersi, oppure, chissà... unirsi. Lo so, tu oggi scegli in piena consapevolezza che si congiungeranno, pur sapendo che soffrirai e piangerai poiché il tuo cuore dovrà subire prove dure. Eppure, lo sai, non posso impedirti di amarmi, posso solo nascondere la mia sofferenza per donarti ogni istante ciò che rimane della mia misera vita. Ma è una vita vissuta con dignità, consapevolezza e amore... questo è ciò che conta poiché senza amore la vita sarebbe polvere arida spazzata via dal vento della quotidiana mediocrità. Io invece conserverò l'essenza di questo giorno nello scrigno sepolto sotto la pietra del torrente che scorre dentro di me; poi, lo aprirò quando la mia anima esalerà l'ultimo respiro. La dolcezza di un bacio, il respiro è solo amore. La mia anima scende lentamente dentro di te che apri dolcemente la tua bocca per accoglierla. La tua è già dentro di me: trattengo il respiro, ancora, e chiudo gli occhi. Eccoti, sarai sempre dentro di me.

A Rosanna, una storia parallela.

A te, mia goccia, che come sai perché è da noi scritto e da noi vissuto e reso vero, onesto. Conosci la risposta al quesito d'amore, anche se il tuo volto mi è sconosciuto. Eppure, io ti vedo e ti respiro mentre i miei occhi leggono le tue parole, le tue frasi che traboccano dolcezza e amore, l'amore che in te si eleva come un tempio del quale tu sei l'indiscussa regina. Tu che incanti il mio cuore, sublimi la mente e colmi la mia femminilità. Le tue parole rendono possibile il volo dei sensi che esalti poiché è la seduzione l'unica via d'accesso al cuore. E vedo il mio corpo nelle tue acque che sono un insieme di gocce, la luce dello specchio in cui ti rifletti e rifulge vigorosa; eccolo il paradiso! Il tuo amore. Ma io ti posso solo sfiorare e chiudere gli occhi per trattenerti dentro di me.

Rosanna, tu immensa aleggi nel cosmo della mia femminilità e spogli il mio corpo goccia dopo goccia. Tu ricolmi la misera anima che tanto non era pronta a ricevere; colma e povera essa si nutre del tuo amore sconfinato come l'orizzonte. Il tuo mare, la mia meta; il suo abisso, il giaciglio dove i miei sensi si adagiano in un sonno immortale. Ecco, il senso della mia esistenza è racchiuso nel tuo petto: il suo battito mi tiene in vita, una vita che appartiene solo a te.

È notte fonda... *bip*, un messaggio.
"Aprimi, sono sotto casa tua".

Sono appena rientrata, stanca e nervosa, tu mi chiedi come va; lo vedo, anche tu sei nervosa. Bastano poche frasi e la nostra danza inizia. Ti giro intorno come una tigre; poi, tu inizi ad accarezzare i miei sensi. Mi lascio cullare dalle tue parole mentre sfiori le corde del mio animo. Le tue labbra sono sulle mie.

"Ti prego... no"

Ti bacio e le mie mani affondano nei tuoi capelli; mi giro e sei sotto di me, i nostri respiri si fermano e solo gli sguardi intensi come le profondità delle nostre acque si incrociano. Sono sospesa sopra di te. Il calore del tuo corpo si fonde con il mio e la carne diventa liquida; un turbine avvolge i nostri corpi, siamo solo respiri intensi e profondi. Le nostre lacrime escono dai pori della pelle, una pioggia sottile si fonde con i nostri mondi, il tuo cosmo e il mio. Le nostre acque si amalgamano e un uragano investe i nostri corpi. Ecco, i mondi si capovolgono ancora e ancora senza, ma senza unirsi. Poi, un respiro dopo l'altro e tu sei dentro di me, io dentro di te. Il vento della passione investe ogni cosa. Ci sfioriamo, ci respiriamo e onde fortissime travolgono la nostra anima. I nostri corpi sono loro prede, non esiste più ragione: la nostra mente è immersa in un sogno, un sogno dal quale non ci si risveglia. Apri le tue braccia e io le mie. Ci lasciamo a un abbandono senza fine, l'abisso accoglie i nostri corpi stremati e senza più acqua; ci adagiamo su di esso come piume depositate dal vento. Le nostre labbra si uniscono per trattenere l'ultima goccia, l'ultima lacrima rimasta dentro di esse. I nostri occhi si chiudono e i respiri si fermano. Le anime sono svigorite e si abbandonano in un tenero e profondo sospiro.

Clara

Tra me e te, la dea della seduzione ha infuso il suo potere. Sedute per un caffè ci raccontiamo poche parole ed esse producono un suono leggero che le nostre orecchie non vogliono udire. I nostri occhi si parlano in un linguaggio che solo io e te sappiamo interpretare. È giusto che sia così, non siamo sole e non lo saremo mai per questo la dea è tra noi e ci permette di comunicare con lo sguardo, ma non di sfiorarci. Il tuo respiro forte, denso, profondo come l'abisso della tua anima che non ti appartiene come non appartiene a me. Abbiamo donato le nostre anime e lo sappiamo che non possiamo riprenderle. Siamo simili, sì, ma non uguali, come due facce della stessa medaglia. La consapevolezza si riflette nei tuoi occhi, è una condizione a te cara e turba il tuo essere come un temporale in un pomeriggio assolato. Mi preghi, implori, mi supplichi… posso forse io fermare il sorgere del sole? Puoi tu! Posso forse io fermare le maree governate dalla luna? Puoi tu! Posso forse impedire alle acque di riversarsi nell'oceano? Puoi tu! E impedire al vento della passione di soffiare forte? Puoi tu!

E posso frenare il padre dei sentimenti? Oh, puoi tu.

Non farò nulla di tutto questo e me ne resterò in silenzio perché neanche tu puoi nulla, amore mio, lo sai. Il mio silenzio deve amarti in segreto e deve preservare la tua fragilità, se non fosse così mentirei e non ti amerei! Sono pronta per la sofferenza, preparata al dolore, l'amore non è solo gioia, lo sappiamo. Ma nel patimento l'allegria si rafforza e diventa roccia. Ah, non chiedermi di non amarti, è troppo per me. Tu implori e supplichi ancora… no, non puoi dire questo! Mi distruggi!

Guardo la luce dei tuoi occhi mentre una lacrima scivola lenta sul tuo viso. Accetto il silenzio che cala tra me e te come nebbia nei campi. Ci salutiamo e le mie labbra cercano le tue… no, poche parole rompono il silenzio. Ti amerò scrivendo e tu, per amarmi, mi leggerai.

A lei, una sconosciuta

Ti leggo e mi scrivi, ti rispondo; poi mi guardi e io ti guardo. I nostri cuori si stringono piano, lenti e lo sguardo cala, si abbassa. Oh, amore, sappiamo che non è possibile, non lo è per me questo viaggio che segna la fine da regina. Lo sai, lei è ombra tra me è te, è un'altra che conosci, sai di chi sto parlando. Quell'ombra presto oscurerà il mio volto. I mie occhi si aprono affinché la luce in essi riflessa possa allontanarla da me… ma io ti scriverò e suonerò per te. Ti supplico, amore, mentre ti scrivo i miei occhi si incontrano con i suoi. Ti prego! Risparmia il cuore! Sono lontana da te, mentre lei è qui accanto a me. Abbiamo scritto il nostro futuro, lo sai, non posso. Una vita nascerà in lei, io sono parte di essa. Ti prego, le mie sofferenze sono immense e non ho più spazio per contenerle. Sto piangendo e lei asciuga le mie lacrime giustificate da una bugia!

Ecco che altra sofferenza si aggiunge, si moltiplica in me. Il mio cuore non mente mai... Lo sai, torno domenica e vorrei che quel giorno fosse domani, o anche oggi. Ma lei stringe le mie mani, tremo tutta e nascondo il mio telefono, ma non potrò nascondere te! Ti supplico! La vita sarà in lei molto presto e io lascerò il mio trono per sempre. Ti scongiuro, ama le mie parole e non me. Il mio tormento ferma il fiato in gola e il dolore scende dentro di me come lava. I miei occhi pieni di lacrime guardano i suoi che brillano come diamanti; il mio ventre è vuoto e il suo presto accoglierà la vita! Ma il mio cuore è dentro di lei, il mio animo è nel suo animo, il mio corpo è il suo corpo! Ti amerò scrivendoti tutto quello che mai ti dirò, le mie parole saranno baci che mai ci daremo e le mie mani non potranno accarezzarti, ma accarezzeranno il suo ventre e la vita che crescerà in lei. Il mio corpo non è più il mio, ora sai, cresceranno insieme e il mio amore sarà per loro. La mia vita non mi appartiene più, solo il passato potrò raccontarti poiché il presente è già donato. Sarai sempre nella mia mente, pensiero costante, a te dolce amore che mai vivrò donerò senza risparmio tutto quello che le mie mani potranno suonare e scrivere. Saranno solo tue e sarà il nostro segreto, lo porterò con me nell'altra vita e ti cercherò nell'ultimo respiro, solo allora ti potrò baciare e sussurrarti "ti ho amato" cercando il tuo perdono per poter chiudere i miei occhi. Raccogli l'ultima lacrima e portala nel tuo animo, io riposerò con te.

Dolcezze da regina

Rimpianto d'amore

Seduta nel mio studio, mentre i capelli velano il mio volto e le mie mani stringono forte il cuore che ho nel petto che tu con aria indifferente plasmi come creta, ecco che il tavolo riflette la mia immagine ormai sbiadita e tu sei alla finestra. Guardi oltre i vetri, fuori nell'abisso del mondo mentre sul tuo viso la dolcezza lentamente lascia il posto alla tristezza. Ieri questo studio era il ramo dove ti posavi dolcemente mentre le tue bellissime mani sfioravano le mie; tu... seduta accanto a me, eri la mia forza, il mio mare. Ora siamo nella stessa stanza e pur non guardandoci ci stiamo facendo del male... ma cos'è il male? Sapevamo che amandoci così il male sarebbe stato messo in conto, un prezzo scritto su questo tavolo: il suo legno è infatti impregnato di noi e ora, solo ora, mi accorgo di te. Ti prego, voltati! Percepisco le tue lacrime scivolare calde sul viso, sembrano gocce di cristallo che rotolano nel silenzio della notte... Oh, ti prego, vieni qui da me. I vetri della finestra riflettono il tuo animo e vedo lei fiera, spavalda, focosa, irriverente, sfacciata, indomabile nei suoi profondi desideri. Ti prego, non andare, resta con me qui, sì, proprio qui accanto a me, e guardami, te ne prego! Avverto la tua irrequietezza dentro di me, è un vortice senza fine che ascende impetuoso fino in gola e strozza i miei singhiozzi. Avresti potuto dirmelo... mi hai parlato di lei, ma non è lei. Ti sei presa gioco di me e di lei innalzando il vessillo che ora sventola fiero sui nostri corpi. Lei! Oh, povera, credeva in te! E tu ti sei servita di lei come di me, e ora lei morde il velo della sconfitta mentre la tristezza è ombra intorno a sé. Buio intorno a me. Sono le luci di questa stanza che illuminano ancora il mio volto, ma il mio corpo è al buio al freddo e le mie labbra tremano. Nel mio animo, un tempo il giaciglio dove riposavi immersa nei nostri liquidi, ora sterile come la sabbia del deserto, ecco il mio ventre dove tu riversavi le tue lacrime al sorgere della luna che ora è vuoto come un tunnel senza fine, e freddo, e buio, e tetro rimane. Ogni mio muscolo era teso per te, ma ora sono solo membra. La mia voce che nelle notti di luna piena troneggiava come l'ululato del mare in tempesta ora è un lieve sussurro che ti implora… vieni qui. Siedi sulle mie gambe e riscalda il mio corpo. Oh, no… questo non accadrà. La luna nuova ti attrae con la sua forza, il vigore, la passione travolgente come un'onda anomala si sta caricando pronta per avvolgerti e trascinarti negli abissi del piacere più profondo. Sì, vedo i suoi occhi, gli occhi di una dea spietata e senza vergogna pronta e calda come la terra, una terra giovane nel pieno vigore del suo calore primaverile con solchi aperti pronti per ricevere le tue mani… ah, le tue dolcissime mani che un tempo ricoprivano i miei solchi e raccoglievano i frutti che essi donavano. Ricordi? Ti prego, vieni qui e accarezza ancora una volta le mie labbra con il tuo alito. Ancora una volta, ormai solo la tua ombra è in questa stanza poiché il tuo corpo è tra le braccia della tua dea e non ci sono rimpianti, vai pure, lei aspetta la tua terra per poterla lavorare sapientemente come un aratro e scavare le profondità della tua sensualità, per riportare il nuovo sopra, in superficie. La linfa scenderà come torrenti in piena e lei danzerà sulle loro acque, acque che avvolgeranno i vostri corpi fusi in un abbraccio primordiale e fluttueranno sulla vostra epidermide, bagneranno i vostri capelli... sì, acque calde, riscaldate dai vostri aliti, mentre i vostri occhi brilleranno come diamanti e si parleranno e i vostri corpi si tenderanno come archi pronti per scoccare. Poi, i vostri ventri singhiozzeranno, le mani stringeranno forte la terra che vi circonda e ululati primitivi invaderanno ogni angolo della vostra mente. Così, tutto si compirà e lo sfinimento cullerà i vostri corpi come un tempo cullava i nostri, ma tutto finirà. Io lascerò la luce sempre accesa; questa stanza sarà sempre in ordine e il tuo profumo resterà qui. Sarò qui e ti aspetterò. Ora va' e non voltarti.

Tu non mi rispondi

Ti ho lasciato un vocale e adesso ti sto scrivendo, perché non mi rispondi? Sono stanca, trasandata. Sì, stanca nell'animo, quell'animo che tu solo ora stai respirando. Quel weekend non dovevo, lo so. Avevo freddo e sono entrata in un bar, era buio... il treno e il suo ritardo complice e inesorabile come un dardo scagliato volontariamente. Ma tu non mi rispondevi e lei mi guardava, mi annusava e gustava con lo sguardo la mia disperazione. Perché ti stupisci solo ora, perché mi hai lasciata partire? Davi tutto per scontato: siamo forti, no, non è stato così. Il nostro amore vacillava e tu non mi bastavi più. Hai lasciato la porta del mio cuore incustodita se solo l'avessi socchiusa! Ah, mi tremano le gambe e non è il freddo. Mi aggrappo ai ricordi, ma la realtà li sta demolendo e il nostro castello, eretto per te, sta crollando. I suoi occhi mi stanno trascinando da lei e tu non rispondi, i suoi capelli neri, la sua fierezza, la sua dolcezza. Abbasso lo sguardo e lei apre la borsetta e da essa ne estrae un ciondolo… ah, perché non mi rispondi! Ti prego… adesso lei lo appoggia dolcemente sul bancone. La bruma della notte avanza e il mio caffè si è raffreddato. Percepisco il calore che emana attraverso il suo sguardo. Passa un'auto e i fari riflettono il centro del ciondolo, e tutto rimbalza nei miei occhi. Mi sta aspettando e tu non mi rispondi… Ti sto raccontando tutto, te lo scrivo. Ho la bocca arida e sono in preda al suo sguardo, sto crollando e così anche l'ultima pietra del nostro castello. Mi dispiace, sto piangendo. Vado da lei… perdonami se puoi.

La nostra regina

Solo il colore dei capelli è differenza. Sei sull'uscio ferma e io annuso il tuo respiro. Due regine che si guardano: donna Alfa tu, femmina Matriarca io. La mia dolcezza difronte alla tua spregiudicatezza. Lo scontro non serve, il confronto nemmeno: solo una sarà… ah, lo so! Vorresti, ma io dolcemente ti fermo con lo sguardo e sfioro appena le tue gote con il mio respiro. Solo l'aria ci divide. Il termoclino sta regolando i nostri oceani e le nostre maree aspettano solo la fase di madre luna. Le nostre menti si rimescolano e aspettano pazienti il punto d'incontro, l'aria intorno a noi si taglia come grano maturo e i nostri profumi si aggrovigliano senza toccarsi. Sì, io ti guardo dall'alto, ma non è uno sguardo pietoso perché tra regine non esiste pietà perché non c'è debolezza, solo rispetto e quella che ti guarda è la mia sensualità: guardati da essa, è un trono per due, tu, io, lei... aspetta la nostra tregua, è lei la nuova regina, solo lei, indiscussa nel suo abito lungo di pizzo francese. Dolcezza, sensibilità, fascino, delicatezza! La forza del mare è in lei e le sue acque aspettano quiete, calme, cristalline. Entra, cambiati d'abito e indossa il tuo profumo, io ti aspetto. La luna ci ascolta! È iniziata la danza soave sull'asse cosmico che regola la nostra passionalità. Le sue mani attendono e i suoi capelli dorati avvolgono il suo collo; mai tanta bellezza fu preda dello sguardo. No... tu, io siamo prede della sua femminilità. I suoi occhi sono frecce che lacerano i nostri corpi e le sue labbra sussurrano parole ancestrali: brividi, solo brividi corrono lungo le nostre schiene indifese. Sì, è lei! Quanto abbiamo atteso, i nostri sogni hanno lottato con la realtà abdicando sul campo un solo trono una sola regina. Sì, eccola, è lei. Accarezzando le sue mani le lacrime bagnano i nostri visi freddi e un tempo bollenti come la roccia fusa, ora invece stremati da tanta sensualità. Ti prego, rimaniamo così e svuotiamo il nostro animo con queste lacrime. Un dolce silenzio avvolge lei, la nostra regina.

Un unico uomo

Renè

La tua riservatezza mi disarma e la tua gentilezza sfiora appena i miei sensi mentre la tua voce evoca un tumulto nel mio animo; ella è calda, gentile, d'altri tempi proprio come le onde di risacca del tuo amato mare, quel mare che hai solcato nelle notti buie e senza luna. Il tuo lavoro, la tua passione; il tuo cuore, un tumulto di emozioni. La salsedine con il suo profumo che impregna ancora la tua pelle. Ah, nessuna ti potrà staccare dal tuo mare. Il tuo mare... io e te, diversi. La tua mente in ogni istante si apre a che io non potrò mai donarti, tu sai che lo donerò proprio come il mare che dona ogni sua risorsa e bellezza e trattiene per sé le cose più preziose, nei suoi abissi in apparenza bui e tetri, ma che nascondono la vita. Non tutti possono ammirare tanta bellezza e solo pochi eletti pur stando sulla terra ferma annegano mille volte solo per sprofondare nei suoi precipizi. Ecco, nonostante io sia ferma e tu l'abisso sprofondo ogni volta pur sapendo che le tue acque mi accolgono con armonia, dolcezza e infinito rispetto. Esse proteggendo la mia discesa ricordandomi che io non appartengo al tuo mondo. Lo fai sempre con dolcezza e il tuo silenzio fatto di parole semplici troneggia come il mare in tempesta; mi culli come una tavoletta di sughero trascinata dalle onde e mi adagi sulla sabbia come una gemma rara. Oh, quanta dolcezza! Innata in te, la doni ogni giorno e io piccola insignificante donna, incoronata regina, voglio godere di ogni attimo e custodire questo privilegio nel profondo dei miei occhi, nella mia mente, nel mio animo, nel mio cuore. Nessuno mai ha osato così tanto, solo tu potevi... e pensare che nel mio mondo non è contemplata la tua figura, se non paterna. Ma tu con il tuo silenzio stai stravolgendo le regole del mio universo. Non ti fermerò, si può fermare il mare in tempesta! No... solo la luna con la sua forza può regolare la tua marea e io sarò la piccola barca adagiata sulla tua immensità.

Pensieri sparsi

Tre è il numero della perfezione cosmica. Tre sono gli strumenti al mondo in grado di accompagnare l'armonia che c'è tra queste due anime: pianoforte, violino e arpa. Un dolcissimo soffio per dire, semplicemente… ti amo.

La complicità, femminilità, seduzione, eleganza, fascino, intelligenza, profondità… annegherei in te! Rinasco da te per annegare di nuovo, nel profondo di te, nel tuo amore eterno. Figlia del tuo ventre, eternamente tua.

Amore dolcissimo, non so se ci sarà concessa un'altra vita, ma voglio sognarlo insieme a te fino alla fine dei nostri giorni. Voglio che tu sappia che quando l'ultimo respiro uscirà dal mio corpo e bacerà le tue labbra, il mio esile alito pronuncerà: "Sì, ti amerò anche in un'altra vita, perché amare te farà diventare questo sogno realtà".

Non spiare le altre, piuttosto guarda dentro di te e troverai le risposte alle tue domande. In questo modo saprai cosa significa amare e non sprecherai il tuo tempo a desiderare di bruciare l'amore e la vita altrui.

Quando dico ti amo, quando cerco un ti amo… Ah! Ti amo! Cinque lettere aspettano impazienti di unirsi, ma per farlo sono necessari due cuori, due battiti. Ti amo! Amo te! Un solo battito e la dolcezza d'un abbraccio come le note di un pianoforte che narrano la storia di cinque e semplici lettere che hanno deciso di unirsi per un istante, forse una vita o l'eternità.

Anima

La bellezza è femmina e l'amore è semplicità, ma l'arte e la creatività sono un dono riposto dentro di noi al momento del concepimento. Lo scrigno che le custodisce si trova nei meandri complessi del nostro animo e attende impaziente di essere aperto, preso tra le mani e plasmato... solo a quel punto diventa fluido e ti scorre dentro come la vita stessa. Esso non accetta compromessi, ostacoli, regole, deviazioni o imposizioni: la mente lo trasferisce alle mani, le mie mani vissute e logore dal lavoro e dal tempo. Loro rappresentano l'estensione del mio essere femmina, il tattile e la sublimazione del mio corpo. Senza di esse, nulla posso. Le estensioni con cui creo la trasmissione del mio fluido più profondo, la penna che scrive su un altro corpo le mie emozioni viscerali. Elevazione totale è l'essenza ancestrale della mia vita, il cosmo e la creazione dell'universo Donna. Gli occhi, invece, i miei, riflettono la mia anima e da essa si propagano sul mondo.

Oh, Anima. Sono uscita presto questa mattina e il tuo profumo avvolge ancora il mio corpo. Ti guardo attraverso la vetrina del tuo negozio e ti aspetto nel modo stesso attraverso il quale tu mi desideri. Sono come tu mi vuoi: vera. Gli anni sono l'involucro della vita, anche se tu non accetti lo scorrere del tempo... tu, immensamente femmina, sei dentro di me. Ma, Anima mia, non dovevi mordere quella mela poiché è stato fatale. Eppure, io ti accolgo, il tuo respiro è il battito del mio cuore; vieni qui e siedi di fronte a me, sono solo tua.

Tu sei femmina, forte e astuta. Puoi divenire selvaggia e seducente. Annuso l'aria e cerco quindi il tuo odore selvatico, dolce come il mosto e insieme aspro come una mela, sempre intenso come la spuma delle onde e inebriante come un'essenza magica.

Oh, dolcissima Anima! Mi commuovi i sensi!

Rispondo con gioia alla tua mail nella quale con sensibilità mi chiedi un consiglio. Ti rispondo con tenerezza e immensa gratitudine perché le tue parole custodiscono lo scrigno della femmina che è in te. Cercale, Anima mia! Trovale. Tutto ciò che ti è necessario è già nella tua essenza, al tuo interno, nel centro di te. Sì, è vero, il profumo è femmina e io ti mostro quello che è in assoluto tutto ciò che aggiungo sul mio corpo. Scegli dunque sulla tua pelle una goccia soltanto e adopera la calma, bandisci la fretta e l'impazienza e aspetta che la tua pelle assorba la melodia delle note. Adesso, Anima mia dolce, chiudi gli occhi; poi, solo in seguito risponderai.

Muoviti da sola nell'impresa della scelta e indossa unicamente la tua femminilità; lava e depura il tuo corpo con amido di riso e asciugalo con il lino. Muoviti, adesso, nei meandri delle essenze e mantieni rispetto e sublimazione: non eccedere mai, poiché l'eccesso è mediocrità. La tua scelta rispecchierà il tuo linguaggio non verbale e farà fiorire la tua memoria olfattiva. Questa solleciterà i sensi nei momenti in cui tu vorrai. Amati e saprai amare, rispettati e sarai rispettata, toccati e sarai toccata oppure sfiorati e sarai sfiorata.

Io, Anima, sono vera, reale e onesta come il vento e l'aria... solo alcuni mi attraversano e sono degni di respirarmi. Per questo dono amore, amore e solo amore. E attimi indimenticabili scorrono in me, dolce creatura, e tu divieni sangue nelle mie vene, e il battito del mio cuore. Adesso, femmina, concedimi un ballo e fammi sognare e io ti svelerò l'arte della seduzione. Essa è come una tigre. Mi muovo tra i meandri della tua femminilità, annuso l'aria e ti sfioro. Ti giro intorno, ti osservo, e tu esiti. Tu una come tante: precisa, pudica. Sei casa e lavoro, ma scovo in te quella voglia di essere amata. Ti ho cacciata e scovata, tu la mia preda… oppure no. No, Anima! Non sei la preda, ma ciò che scorre dentro di me. Preda solo della mia seduzione poiché essa è parte di entrambe. Siamo due mondi uguali che si uniscono per dare vita all'immenso. Tu esiti, meravigliata, poi il mio alito ti cattura e con un tenero bacio entri in me come io in te. Questo è l'incantesimo della seduzione. Eppure, no… sei tu che seduci me nella tua semplicità. Non ti mostri, ma vuoi essere notata tra tante. Ho scelto te. Io tigre e tu lupa; io matriarca e tu gregaria; io alfa e tu beta. Sfiori i miei sensi e tutto diventa esaltazione. Le maschere che pudiche ci nascondono cadono ed ecco che ti trasformi in leonessa e io tigre, stessa razza, stesso istinto. Nemmeno una parola ci disturba, solo sguardi tra di noi. Perché a cosa servono le parole? Lasciati andare, entra dentro di me ed io sarò dentro di te.

Ho tanti ricordi di te. Una mattina, mentre il padre della vita sorgeva, tu seduta mi aspettavi, ma non mi conoscevi. Passeggiavo nelle acque della mia vita e noi eravamo due poli sull'asse della femminilità. Ti passo accanto e percepisco il tuo profumo che si fonde con il mio e un turbine di sensi si avvolgono. I nostri sguardi si incrociano. Il primo bacio è dato con gli occhi. Anima bella, non possiamo dimenticare mai questi momenti anche se è finita. L'amore lascia solchi profondi nel nostro animo e lacera il nostro cuore. Esso lo fa gioire, lo riempie... non c'è posto per i rancori. Perché allora questi momenti saranno solo polvere che il vento disperderà nell'infinito e non lasceranno impronte, nessuna traccia. L'amore è infatti traccia già segnata nell'universo di cui noi siamo le stelle più luminose.

Buon risveglio, Anima bella. È un nuovo giorno e possa questo essere ancora più speciale e regalarti le emozioni più belle. Ormai per me un lontano ricordo: un giorno, lo stesso giorno di 33 anni fa, per me non lo fu. Tutto è passato e tutto è presente... tutto sarà futuro. Il mio sorriso e la mia tenerezza possano giungere al tuo cuore, far brillare i tuoi occhi e la mia gioia colmare il tuo cuore.

Ma ora il tuo orologio segna il tempo che ci rimane... tu principessa e io regina, roccia. Ti volti e io ti imito. I nostri sorrisi si incontrano e tu disarmata ti appoggi a me per non cadere; io leggiadra, disinvolta e spregiudicata ti accolgo. Nessuna parola, solo sorrisi. Le nostre labbra si sfiorano, si toccano e la tenerezza adorna i nostri visi. Ah, l'impeto della passione aggroviglia le nostre mani mentre i nostri capelli si intrecciano e i nostri corpi si uniscono! Lacrime scendono dai nostri occhi e bagnano le nostre guance. Siamo un solo respiro, un solo battito. La consapevolezza riaffiora dalla seduzione e ci sussurriamo di allontanarci... ma le nostre labbra non vogliono lasciarci. Le nostre mani, la sicurezza. Ma... io non so il tuo nome! E tu non conosci il mio. Un solo pegno: il tuo tempo sul mio polso e il mio sigillo all'anulare sinistro. I singhiozzi mentre le mani si tendono. Lo sai, tutto si può fermare, tutto ha un inizio e una fine poiché il sole sorge e tramonta. Ma ciò che rimane per l'eternità è il nostro amore. Forse è follia, ma no: passionalità e seduzione. Meglio: semplicemente amore.

Sì, amore, a dopo. Ti prego, vivi per me e io lo farò per te. Dobbiamo andare, adesso... a dopo, mia regina. Sì, principessa, a dopo.

È questa l'arte della seduzione: come una tigre, mi muovo ed esploro i meandri della tua femminilità; annuso l'aria, ti sfioro, giro intorno al tuo essere. Tu esisti. Tu, una come tante, precisa, pudica, casa e lavoro... e quella voglia di essere amata, scovata, cacciata. Preda. No, Anima, non sei la preda, ma ciò che scorre dentro di me, negli abissi più profondi. Tu, solo preda della seduzione che è parte di me, e di te. Due mondi uguali che si uniscono per dare vita all'immenso. Tu esisti. Meraviglia! Poi, ecco che il mio alito ti cattura con un tenero bacio ed entri in me come io entro in te. Questo è l'incanto della seduzione. Ma sei tu che seduci me attraverso l'ebrezza della tua semplicità: non ti mostri, ma vuoi essere notata tra le tante. Io ho scelto te. Io tigre, tu lupa. Io matriarca e tu gregaria. Io alfa, e tu beta. Sfiori i miei sensi, abbiamo lo stesso istinto fatto solo di sguardi e nessuna parola. Tu diventi leonessa, io tigre. Stessa razza. Ancora nessuna parola, neanche un sussurro... che servono in fin dei conti? Lasciati andare dentro di me. Ti ho scelta.

Lettera a me stessa

Carissima Stefy,

era da tempo che volevo scriverti, ma solo oggi, dopo trentatré lunghi anni, trovo il tempo per farlo. Perdona la mia mancanza nei tuoi confronti; credimi, sono stati anni difficili... ma adesso parliamo di te! A scuola come va? Le tue amate bambole indossano ancora vestiti scintillanti? Annoti sempre nel tuo diario? Oh, tesoro dolcissimo, non sai quante volte avrei voluto stringerti a me! Mimavo questo gesto con la tua bambola preferita, sì, quella con il vestitino rosso pieno di margherite. La conservo gelosamente per avere sempre il tuo ricordo. Sai, il vestitino ha ancora quella macchia. Ti ricordi quel giorno? Volevi salvarla, ma la tua tenera età e la tua debole forza te lo hanno impedito. In ricordo di quel giorno è rimasta così. Sempre bella, sorridente, profonda, tenera. Vero, quella tenerezza che riflette la tua anima e la mia. Tutte le mattine allo specchio vedo lei e te, sempre con il sorriso e con quella voglia di vivere! Ah, quei capelli! E le tue, mani, il tuo viso dolce, i tuoi occhi... mi commuovono, sai! Poi guardo l'orologio e mi dico: *Stefy, è tardi! Forza, la sartoria ti aspetta. Le sarte sono ansiose di prendere il caffè con te, come fai da ventidue anni senza mai perdere o dimenticare un giorno!*

Allora mi affretto e non ti nascondo che a volte esco senza truccarmi. Già, ricordi? Tu amavi truccare le bambole, erano bellissime. Le tue manine sapienti sfioravano quei volti, i loro capelli, le labbra. Sì, le tue preferite erano Lilly e Dorothy ed esse indossavano anche il profumo che da bimba rubavi alla tua mamma. Lilly era la tua prediletta, quella che conservo con tanto amore. Sai, spesso la porto in sartoria e creo per lei degli abiti meravigliosi proprio come facevi tu. Le sarte ridono perché non sanno… è un segreto tra me e te, e tale deve rimanere. Mi prendo cura di lei, deve essere sempre bella.

Sono anche diventata mamma. Ah, una gioia immensa! È un maschietto, anche se avrei voluto una femminuccia così avrei potuto cucirle tantissimi abitini. Ma non importa, sono dettagli di poco conto. È dolcissimo, molto intelligente e i suoi occhi sono profondi e pieni di gioia, proprio come i tuoi e i miei. Che strana coincidenza, vero? Ha otto anni e frequenta la terza elementare. Sì, è bellissimo e a scuola è bravo, i suoi risultati sono eccellenti. Proprio come me e te, lui ama i cavalli, e cavalca divinamente. Ricordi, anche noi amavamo i cavalli, ma sognavamo di fare le sarte a Parigi e diventare come lei, la grande Coco. Lui sogna di fare il veterinario per prendersi cura dei suoi cavalli, sogna una grande fattoria con tanti cavalli bianchi.

Sai, mia dolcissima bambina, ai nostri tempi i sogni rimanevano tali, ma oggi si possono realizzare! Il nostro lo abbiamo concretizzato solo in parte, ma siamo contente, sì, io e te siamo complicate, lo sappiamo. Oh, ricordi Madame Claudette… quando veniva in sartoria ci portava sempre i cioccolatini e voleva essere servita solo da noi perché eravamo le più belle e intelligenti. Lei era innamorata dalle nostre grazie, di come cucivamo i suoi abiti. Già, mai un difetto, sempre precise. Eravamo le uniche a cucire e confezionare i suoi abiti con amore e passione. Quanti ricordi ci legano a lei! Come il primo bacio… e ci ha insegnato a dipingere. E le parole che ci diceva! Oh, la sua voce dolcissima, sensuale, elegante parlava sempre in un sussurro! Ci diceva che una donna deve essere elegante anche quando parla poiché solo alle oche è permesso starnazzare… che ridere! Ricordi? Voleva che imparassimo a suonare il pianoforte e mormorava sempre: *una donna al pianoforte può sedurre ogni cosa, soprattutto un'altra donna.*

È stata la nostra maestra di vita e di amore, ma adesso non c'è più. Sì, lo so, ci manca tantissimo. L'unica memoria materiale che conserviamo è la sua collana porta profumo in platino. Sul medaglione fece incidere le sue iniziali incrociate con le nostre, e io l'adoro come l'adori tu, mia piccola Stefy. Ora devo lasciarti, il lavoro mi chiama, ma ti prometto che ti scriverò. Quando? Sicuramente lo farò solo il primo giorno di aprile. Tua per sempre.

Essere madre

Berlino 8 Maggio 2008

Ore 20:15. Sono seduta in attesa che il volo per Parigi venga annunciato. Stranamente la sala d'aspetto è semivuota, oggi nessuno vola per la città dell'amore; la puntualità delle partenze è ineccepibile, si sa sono teutonici e ci tengono a fare bella figura. Vorrei chiacchierare con qualcuno, ma nessuno parla italiano e neanche francese; il mio francese non è perfetto, ma so portare avanti un discorso senza scivolare nella banalità... che pensieri strani affiorano alla mente! Dovrei essere contenta perché ho concluso un contratto lavorativo positivo e vantaggioso, ma in realtà mi sento infelice. La vita è strana, da molti anni vorrei essere mamma. Ma come posso diventare mamma nella mia condizione? Forse ho sbagliato tutto... non dovevo partire per Parigi, non dovevo accettare quell'invito di Madame Claudette! Avrei dovuto tenere nascosta la mia condizione e fare come tante, vivere una vita parallela fatta di menzogne e inganni, fingere gioia in un rapporto con un uomo solo per soddisfare la mia voglia, il mio desiderio di essere madre! No, questo mai... sono una donna di sani principi e rispettosa dell'etica umana e non posso cadere così in basso... distruggere la vita di un uomo, camuffare la mia sessualità e travestirla con l'abito dell'inganno, e che vita sarebbe? La vita in me come germoglierebbe? Ma ora basta pensare, la mente mi scoppia, soluzioni all'orizzonte non ve ne sono, e si sa, i sogni e i desideri sono come le stelle: troppo in alto per essere anche solo sfiorati.

Manca ancora un'ora alla chiamata per l'imbarco, decido di andare al bar per concedermi qualcosa di dolce, almeno l'amarezza avrà un retrogusto diverso, anche se sempre dolore rimane. Prendo la mia borsetta e mi incammino verso le scale che portano al piano inferiore dove fortunatamente c'è tanta gente e la frenesia della partenza è più motivata e frizzante. Scendo le scale e lascio quella cappa di pensieri al piano delle partenze; i mie passi si fanno più leggiadri e il sorriso riaffiora sul mio volto stanco dalle troppe ore passate nel confessionale della mia anima. Quanta bella gente, sorridente, allegra, tutta presa e indaffarata nell'andare su e giù senza una meta, spinta dalla voglia di partire alla volta di qualche meta dove potersi rilassare o semplicemente raggiungere una persona cara o, meglio, il proprio amore. Ecco, ora sono me stessa, inizio a pensare all'amore. Che dolce parola... cinque lettere che esprimono l'universo intero.

Facendomi largo tra la gente, arrivo alla cassa e ordino un dolce e un cappuccino. Che gioia sentire che il ragazzo della cassa parla la mia lingua madre. Una persona molto dolce, viso rotondo, pelle olivastra, occhi neri come la pece... un mediterraneo. Scambio qualche chiacchiera con lui, gentile e pieno di vita. Stessa sorte come tanti connazionali costretti a emigrare per poter vivere, e lasciare il proprio paese, le proprie origini e le persone care per poter sopravvivere... la vita che dovrebbe essere l'unica vera gioia dell'essere umano diventa una sorta di gioco perverso al quale partecipiamo inconsapevoli del logoramento che stiamo infliggendo a noi stessi, senza far nulla per modificarlo, lo accettiamo e basta, senza dire una sola parola in merito, e neanche possiamo fare diversamente, ormai fa parte del concepimento, che spesso avviene con rapporti andati male o un *dietro front* finito in rovina.

Paolo, il nome del ragazzo, che gentilmente mi fa accomodare a un tavolino accanto alla vetrata che si affaccia sulla pista ricca di aerei che atterrano e decollano. La sua gentilezza è disarmante... violando le regole mi serve al tavolo esclamando: Signorina, la servo perché è veramente bella e il suo profumo è eccezionale. Grazie, rispondo. Ah, se la mia ragazza fosse qui le avrebbe chiesto sicuramente il nome. Con un sorriso apro la mia borsetta, strappo un foglio dal mio diario e gli scrivo il nome del profumo che indosso. *Amouage Gold Extrat.* Lo guardo negli occhi ed esclamo: Ti ho scritto il nome su questo foglietto, lo trovi nelle migliori profumerie di Berlino, quando andrai rivolgiti alla commessa o commesso più anziano e porgigli questo foglietto, vedrai che capiranno e ti serviranno come un principe. Prima di riporlo nelle sue mani, apro il medaglione della collana porta profumo e lascio cadere due gocce su quel foglio di carta. Ecco, ora lo ricorderai. I suoi occhi si illuminarono come stelle, il suo volto sorridente lo divenne ancora di più, e come se avessi riposto nelle sue mani il tesoro più prezioso. Non finiva di ringraziarmi, la sua gentilezza e la semplicità annullarono totalmente l'amarezza che stagnava dentro di me... un piccolo gesto inconsapevole e all'apparenza insignificante gratifica più di una banconota con un valore freddo e che per tanti è la vita, ma per pochissimi è solo sterco inutile privo di fertilizzante.

Nel salutarmi mi chiese se potesse baciare la mia mano, io mi alzai e gli dissi: Sono onorata e lusingata. Avanzai la mia mano e lui con un inchino d'altri tempi con la mano destra sfiorò appena le mie dita e con le sue labbra baciò il mio dorso. Lasciò la mia mano con delicatezza, una delicatezza che non è natura nell'uomo, ma solo nelle donne. Ringraziai, e lui con un gesto che ancora oggi è nella mia mente ripose quel semplice e insignificante foglio di carta nella tasca sinistra della sua camicia bianca. Sì, avrebbe potuto scegliere la destra ma scelse la sinistra, quella al lato del cuore. Amava veramente la sua fidanzata. Con passo lento e lo sguardo rivolto verso di me si allontanò, non smettendo di sorridere con gli occhi.

Fu un'emozione grandissima pensare che esistono ancora veri gentiluomini nonostante i tempi, tempi che hanno rilegato la nostra esistenza e offuscato totalmente l'essenza dell'umanità con i suoi valori, barattandola con il consumismo e la mediocrità assoluta, confinando gli stessi valori in un ghetto, perché non apprezzati e condivisi da una massa che ormai è fatta di burattini nelle mani di pochi burattinai, i quali manovrano i fili di queste vite senza che nessuno li possa controllare. Li fanno danzare al suono di una musica *social* priva di ogni etica, ma imponendo la loro, creata *ad hoc*, senza chiedere un parere, solo perché viene offerta come pasto gratis e promettendo effetti e sogni effimeri, che solo per pochissimi si realizzano, alla condizione di essere più spietati degli stessi che la suonano e la donano gratis. Be', questo gratifica la mia morale di donna e del mio mondo capovolto, e soprattutto la totale assenza nel frequentare ambienti virtuali.

Sorseggio il cappuccino rivolgendo il mio sguardo al sole che va a dormire all'orizzonte. Un'ombra si proietta sul vetro e una voce maschile esclama: Martine! Mi volto di scatto, quel nome... è il mio nome, chi è costui? Nessuno a Berlino mi conosce con questo nome.

Martine è il mio nome di battesimo che ho lasciato nei meandri nascosti della mia adolescenza.

Con tono perentorio chiedo: chi è lei? Lui risponde con voce commossa: Sono Andrea, non mi riconosci? Chi? Martine, ti ricordi a scuola? Frequentavano la prima media e tu indossavi sempre un braccialetto con i colori dell'arcobaleno che tutti odiavano e solo Clarissa amava da morire.

Le gambe mi tremavano come baluardi senza più fondamenta, il brivido attraversò tutto il mio corpo come una scarica elettrica, gli occhi si illuminarono e la mia mente ripercorse velocemente la mia vita passata e si fermò su quel fotogramma del 5 gennaio, quando Clarissa mi regalò quel braccialetto e il primo bacio dato con amore... Esclamai: Andrea, sei tu! Lasciai cadere la tazza sul tavolino e ci abbracciammo fortemente...

Andrea, caro, come stai? Da quanto tempo! Ma come hai fatto a riconoscermi? Indossi ancora quel braccialetto al polso sinistro, e poi il tuo neo a forma di cuore sotto il labbro sinistro non si può dimenticare.

Le lacrime mi scendevano sul viso perché solo una persona al mondo poteva notare questi particolari, una persona speciale che mi ha amato in silenzio e sofferto per rispettare la mia condizione e il mondo a cui appartengo. Abbiamo iniziato a raccontarci del tempo trascorso senza mai più esserci ritrovati. Le nostre vite, il nostro lavoro, i nostri amori, le nostre delusioni, i conflitti e le speranze... il tempo passava, non eravamo più consapevoli che avremmo dovuto prendere un aereo che avrebbe diviso ancora una volta le nostre vite e chissà se ci fossimo incontrati di nuovo. Insieme abbiamo deciso di rimandare le nostre partenze, che per puro caso erano sullo stesso volo.

In fretta ci recammo al gate di imbarco per annullare la nostra partenza, non so se stessimo facendo la cosa giusta ma da lì a poco si sarebbe rivelata una scelta corretta e ingiusta allo stesso tempo che avrebbe lasciato un solco indelebile.

Optammo per partire con il primo volo della mattinata, visto che c'erano posti disponibili; prenotammo e ci spostammo nel ristorante dell'aeroporto. Ricordo bene quella sera, quella cena che fu come un miracolo per me, dopo tantissime lacrime e disperazione una luce stava per irrompere nella mia anima.

Prima di entrare nel ristorante, telefonai a Madame Claudette avvisandola di questa improvvisa decisione. La sua risposta: Tesoro mio dolce, vivi e godi ogni istante della tua vita sii sempre te stessa e non vergognarti mai della verità, anche se spesso fa male e logora ogni cosa.

La sua voce, sempre dolce, sicura, amorevole, mai un tono diverso, un amore per me che attraversava l'etere e mi entrava dentro come un fiume in piena… quanto l'ho amata! Mai amerò ancora così perché tutto è iniziato e finito con lei.

Andrea, ti chiedo scusa, era una telefonata che dovevo fare. Non preoccuparti, Martine, non devi darmi spiegazioni, accomodiamoci che mi racconti di te e del tuo successo a Parigi.

Ci accomodiamo, e ordiniamo una cena semplicissima, il cibo faceva solo da contorno, la nostra voglia di raccontarci era l'unica ragione per stare lì seduti, serviva solo un luogo dove essere tranquilli. I sorrisi, le espressioni di gioia e il rispetto adornavano i nostri corpi, ci sfioravamo i sensi con il vissuto, i fallimenti e le vittorie, le prospettive… ma a un tratto il discorso prese involontariamente una piega inaspettata: la famiglia.

I nostri volti cambiarono, la razionalità prese il sopravvento, e la nostra profondità venne allo scoperto. Iniziò Andrea. Poche parole e tante espressioni di delusione affioravano sul suo volto. Una giovinezza vissuta nella miseria, gli studi all'università condivisi con un lavoro notturno, anni di sacrifici, di lotte di solitudine, di amarezze. Finalmente la svolta, un lavoro a Parigi, il successo, la gratificazione, l'amore… quell'amore che lui aveva sempre provato per me, ma che aveva cercato in un'altra donna che non avrebbe potuto viverlo appieno. Non per colpa sua, ma per colpa di una malattia che se l'era portata via, e contro la quale l'amore di Andrea non ha potuto fare nulla. La battaglia finale, logorante, impietosa dove non ci sono vincitori, perché la morte non li concede, non li conta. Sul suo volto, incastonato come un diamante di dolore, dopo due anni di sofferenze giaceva il corpo e l'anima di quell'amore che aveva sempre desiderato e che per destino della sorte lo aveva travolto senza pietà, senza rispetto, senza umanità. Avevo il cuore lacerato, vedevo le lacrime sul volto di Andrea che scendevano lentamente, come la sofferenza che si cala nell'anima e soffoca la gola. Con immenso il rispetto per quella donna che lui aveva amato e che ora non c'era più, mi avvicinai a lui, lo strinsi forte a me, non volendo accarezzai il suo volto… la mia commozione era tanta, perché sapevo che lui era un grande uomo, forte e intelligente, amorevole, fedele. Non servii a nulla, perché stava piangendo tra le braccia e si logorava ancora di più, come un coltello girato più volte in una ferita mai rimarginata… Me ne resi conto, era tra le braccia della donna che aveva amato e che non aveva potuto avere, ma non trattenni il mio istinto di umanità. Si ricompose subito e chiese scusa, scusarsi per il dolore ricevuto ingiustamente da una vita inesorabile che non risparmia nessuno. Solo pochissimi uomini al mondo si scusano per qualcosa che non hanno commesso o potuto evitare, perché pochi accettano lo scontro con la morte. Nessun umano ha il privilegio di guardarla negli occhi e poterla convincere di risparmiare ciò che amiamo. La morte non ama, non conosce questa parola, essa è l'unica certezza che ogni essere vivente vive e vedrà una sola volta e per ultima.

Cercai con tutta me stessa di trasmettergli la mia stima e l'amore per quello che gli era successo, non pietà e neanche compassione, ma solo stima, per quello che aveva fatto e per il quale aveva lottato. Era l'unica cosa che potessi fare, non ci sono parole, fatti, gesti che possano elevare una prova d'amore così grande e unica.

Con un sorriso dolcissimo esclamò: Martine, e tu? Risposi: Chiamami Stefy. Come Stefy? Sì, iniziamo da qui, in Francia mi chiamo Stefy Liberato, perché il mio nome Martine Blas l'ho lasciato in Italia.

Martine Blas non esiste più. Si è fermata all'età di otto anni quel martedì pomeriggio, dove tutto il mondo si prese gioco di me, senza pietà... A quell'età le bambine giocano serene, sorridono, amano le bambole, dispensano gioie e birichinate, e una caramella o un lecca-lecca ripristina sempre armonia. A me quel martedì le caramelle furono date, ma erano amare come fiele e avevano il profumo dello zolfo, avvolte in una carta avvelenata per produrre un effetto ancora più devastante. Le ho prese ma non le ho mangiate perché non avrebbe avuto senso. Ormai la mia intimità era stata violata e nessun veleno sarebbe stato più mortale di quel gesto così insignificante, proveniente dalle mani di fata che tali non erano, perché al suo interno c'erano mani da strega cattiva che sfioravano come diavoli impazziti quel mio scrigno di piccola donna. Il mio coraggio e il disprezzo della paura sono stati più forti e sono riuscita a gettare via quelle caramelle e fermare quelle mani plasmate dagli inferi più tetri e farmi scudo con la mia bambola preferita. Lei ha ancora il vestitino sporco e la conservo così per non dimenticare... il silenzio è calato come un velo a coprire tanta brutalità, ma mai rancore né vendetta ha invaso il mio animo e il mio cuore. Il giorno dopo ero ancora sorridente e chiamavo ancora zia la strega cattiva. Ogni volta che gli chiedevo le caramelle, con la mia aria di sfida, il suo sguardo era rivolto a terra. Sì, a terra, verso l'abisso più buio, mentre con la mia flebile voce sussurravo: Il nostro segreto morirà con me. Dopo molti anni, la strega cattiva prima di morire mi chiese perdono e le mie mani chiusero i suoi occhi, le mie labbra baciato le sue in segno di perdono. La parte cattiva è andata via con lei accompagnata dalla dea vestita di nero, ora rimane la parte bella, è qui davanti a te e si chiama Stefy.

Stefy ha superato Martine, in tutto, grazie al suo coraggio e a Madame Claudette, la telefonata che ho fatto era per tranquillizzare lei. Lo so che tu hai sempre saputo, dell'esistenza e della mia appartenenza al mondo capovolto, come io so che mi hai sempre amata. Sei stato fermo, immobile sull'uscio di quel mondo, per aspettare e capire se fosse un errore del destino, ma sapevi che non lo era. Mi hai sempre difeso, mi sei stato accanto nei momenti più difficili e mai le tue mani hanno sfiorato il mio esile corpo; eppure, eri un piccolo uomo e non potevi sapere, ma già in te c'era la tempra del grande uomo, quello che tu sei adesso. Sì, Andrea, io ho sempre saputo del tuo amore per me, mi sono sforzata affinché la mia condizione fosse un errore del destino, ma non sbagliavo, e la conferma l'hai riconosciuta tu dopo tantissimi anni, la porto al polso sinistro. Cosa dire di più, Andrea, la mia vita lavorativa è un sogno che si è avverato, sono una grande sarta e tra poco aprirò la mia seconda sartoria, il mio unico amore è Madame Claudette, ma la mia femminilità vuole diventare mamma e generare la vita.

Con queste parole dette con impeto, freddezza, spregiudicatezza, arroganza, ma con tanto amore, l'aria si fermò intorno a noi. I nostri sguardi si pietrificarono e un silenzio calò dentro i nostri cuori. La voce fioca di Andrea ruppe tutto come il freddo gelido fa scoppiare un calice di cristallo: Stefy… dimmi come posso aiutarti?

Iniziai a tremare tutta, un forte pianto irruppe nella sala ormai vuota, le lacrime mischiate al mascara tracciavano sul mio viso i solchi neri, che da lì a poco sarebbero diventati bianchi come la neve. Con il suo fazzoletto asciugò le mie lacrime, e prendendomi il viso tra le sue mani mi disse: Tutto quello che potrò lo farò… per te sì, e non ti sfiorerò perché ti amo ancora come il primo giorno. In quel momento fui presa dall'impeto di baciarlo, ma lui mi fermò e mi disse: No, Stefy… io dovevo baciare Martine Blas tanti anni fa, ora tu sei semplicemente Stefy Liberato e nella mia pochezza di uomo l'unica cosa che posso fare è donare il mio seme per te, affinché tu diventi mamma. Questa è la mia prova d'amore a Martine Blas… un giorno se la rincontrerai ricordagli di me.

Questo è il mio indirizzo e numero di telefono, scegli le modalità con il tuo notaio e nella clinica che più ritieni opportuna, mai ti cercherò e mai rivendicherò nulla. Sappi che lo farò solo per amore, per quell'amore che non ho mai potuto avere, e che ho cercato in un'altra donna, che desiderava ciò che desideri tu, ma non abbiamo avuto il tempo… la mia vita è finita quel giorno, su quel campo e in quella battaglia.

Ora sorridimi, come sorrideva Martine Blas.

Dieci lunghi anni, solo un fax a Natale per gli auguri. Il tuo silenzio, chiesto da me. Tu che hai permesso che la vita fiorisse nel mio ventre senza rivendicare nulla, solo in nome di un amore che io non potevo dare. E tu con il tuo cuore e privandoti della gioia più grande per te, hai donato quella gioia a me. In punta di piedi, ti sei fatto da parte, per mantenere la tua promessa e rispettare la mia essenza di donna che tutti avevano disprezzato e calpestato. Le tue ultime parole: il mio cuore batte dentro di te, poi il silenzio. Sì, quel silenzio che io ti ho imposto. Quanta sofferenza ho gettato in questi anni nel tuo cuore che ora batte lentamente e lotta contro qualcosa più grande di noi. Lo scorrere del tempo non ha fermato le tue ultime parole, quelle parole sono cresciute, corrono, vanno a scuola, vanno a cavallo, e riempiono la mia vita, mi abbracciano e mi chiamano *mamma*. Perdonami per essere stata egoista, per aver chiesto la gioia, la felicità che non potevo avere, e perdonami per la mia condizione, perdonami per non aver mai preso quel caffè, perdonami perché solo oggi sfiorando con gli occhi e il mio alito il tuo volto in te ho rivisto colui che mi chiama mamma. Ha il tuo stesso dono, ama ogni tipo di essenza, sceglie per me i profumi, mi parla con la stessa dolcezza con cui facevi tu. Le sue mani accarezzano il mio viso e la sua voce mi dice "Mamma, sei bellissima". Perdonami perché a te non ho permesso questo.

Perdonami se puoi per tutte quelle volte che il mio ego ha prevalso sulla ragione. Perdonami per aver tenuto per me tutta la gioia che tu mi donasti. I miei occhi non hanno più lacrime e quelle che fino a questa mattina erano solo di gioia, ora chiedono il tuo perdono perché sono di dolore, un dolore immenso che straripa il cuore e l'anima, e scende fino nelle viscere dell'essere donna, mamma. Perdono, perché non potrò fermare né rallentare il tempo. Perdono, perché non posso riavvolgerlo, fermarti per farti udire il pianto della vita.

Condivido tutto questo con voi, queste piccole gocce della mia umile esistenza immortalate in queste parole… Ecco chi sono, sperimento e creo su me stessa ciò che adorna il mio corpo per piacere al mio unico grande amore, mio figlio. Quell'amore così grande che ognuna di noi sogna e desidera, l'unica ragione per donare la vita, un amore così grande che non chiede dimostrazione alcuna, solo sentimento puro che non ha mente e non conosce ostacoli. Il resto è polvere di parole disperse dal vento.

Florianne & Madame Claudette

Un viaggio che sognavo da quando ero arrivata a Parigi, e che avevo giurato di fare appena ne avrei avuta la possibilità economica e soprattutto spirituale. Quella sera ero ospite all'Hotel Regina in Place des Pyramides, in compagnia di Madame Claudette, la quale doveva presentare un suo dipinto che raffigurava Santa Giovanna D'arco. Le era stato commissionato dal capo della Gendarmeria Francese, suo grandissimo ammiratore e amico. Una serata magnifica. Fui presentata all'alta società Parigina, persone molto influenti, colte, raffinate. Mi sentivo come una cenerentola, ero felicissima, tutti si complimentavano con me per l'abito che indossava Madame Claudette. Un abito meraviglioso che avevo disegnato e cucito personalmente, perché volevo che per quella sera fosse ancora più bella di quello che era. Avevo lavorato venti lunghe notti consecutive, per essere più concentrata, poiché quel vestito doveva essere l'espressione del mio amore per lei. Il corpino di pizzo francese color avorio avvolgeva la sinuosità, lasciando lo sterno, il collo e il tergo scoperto, fino a sfiorare l'inizio della sciancratura dei fianchi, dove si univa con una seta damascata di colore nero impreziosita con decori in cristallo Swarovski raffiguranti rose bulgare di colore rosso alizarina. Le gocce di rugiada sui petali e i gambi ricamati in filo di argento purissimo, le foglie rigorosamente ricamate in oro zecchino. Avevo inserito degli archetti presi da un bustino degli anni '30. sapientemente modellato con la forma del suo seno, facendolo passare al di sotto di esso e facendolo terminare sulla parte alta della chiusura perfettamente al centro della rachide. Il cursore della chiusura era un pendente in Tanzanite di un colore blu-viola. La luce filtrava attraverso quella gemma riflettendo sulla pelle tutta la forza primordiale della creazione dell'orbe. L'abito avvolgeva la sua carne come le mie mani facevano sapientemente e teneramente quando il desiderio si impossessava per ore dei nostri fuochi ardenti, incontrando l'alba ai primi raggi del sole annullando l'iridescenza delle candele profumate all'ambra, che avevano lumeggiato la stanza nell'oscurità, diffondendo una fragranza particolare fatta di sostanza terrestre che solo la gleba è in grado di mestare, e amalgamarsi con l'etra che avvolgeva come bava celestiale il nostro tempio e sfiorava la nostra alma.

Era bellissima, si muoveva come una lupa in una selva scevra, sfiorava il macadam di alabastro rosa senza calpestarlo, i riflessi della luce rilevavano le rose sul suo vestiario, la luce penetrava in quei petali, le gocce di rugiada sembravano stelle che irradiavano il cielo nella notte più oscura dell'anno, durante il solstizio d'inverno.

Eppure, questo non bastava, tutti gli sguardi e i convenevoli erano rivolti a me, un'umile sarta... Indossavo un semplice tubino di pizzo nero, i capelli in un caschetto alla francese molto di moda in quegli anni. La mia naturalezza per aver dato vita con amore profondo a quell'abito stupendo aveva nullificato ogni cosa e rubato il palcoscenico a una delle femmine più belle di Parigi.

La guardavo ammirata, non mi interessavano i complimenti, lei era la passione più grande, la mia anima, la mia vita, il sangue che scorreva nelle mie vene, il mio battito, la mia derma, la mia impronta caratteristica... chi poteva capire e carpire l'amore che avevo trasferito alle mie mani per disegnare e cucire quell'abito? Il mio spirito conosceva ogni meandro del suo corpo, ogni respiro e ogni amplesso, ogni piega della sua pelle... avevo solo trasferito la mia carnalità più profonda sulla sua veste e niente altro, tagliando l'eccesso, ciò che non serviva alla sua carne.

Ero circondata da anime, ma intorno a me regnava il silenzio più profondo, i miei occhi cercavano solo lei e non la trovavano, non riuscivo a capire dove fosse.

Ad un tratto un respiro profondo e un'essenza scese nei miei polmoni, il cuore si fermò, conoscevo quel profumo, era lo stesso che usavo io. Mi girai velocemente, dal profondo delle mie viscere la parola *amore* che istantaneamente fermai mordendo le labbra; poi, con voce sottile esclamai: Madame Claudette! Ero dietro di te che ti veneravo, anima mia... A quella dizione le persone che mi circondavano divennero di ghiaccio... Madame Claudet: Stephanie, dicevi? Mimando le parole per non far sentire nulla a nessuno, risposi: Vita mia.

Si avvicinò alle mie labbra, io alle sue, i nostri aliti si mescolarono, sentivo il suo calore scendere dentro di me, le mie viscere si rivoltavano come le onde del mare sferzate da venti impetuosi... le mie acque ribollivano come quelle del mare quando la roccia fusa si immerge dentro di esse e il mio ventre sussultava come una caravella percossa dalle ode dell'oceano furibondo, mentre le sue acque calde colavano nei boccaporti infiltrandosi ovunque, lasciando dietro di loro l'odore del sale e delle profondità marine. Un odore la cui essenza rievoca la creazione della carne, l'unione tra passione e seduzione, forza e debolezza, cuore e anima, mente e corpo, alito e respiro, saliva e sudore, tatto e lingua, un'alchimia di pura follia dalla durata breve.

Riprendemmo immediatamente la nostra razionalità, i nostri occhi erano come lapilli di fuoco che dovevano raffreddarsi immediatamente, le sacche lacrimali erano ricolme di liquido, quel liquido che sgorga sotto forma di lacrime e attraversa il viso irrorando l'epidermide di passionalità.

Esclamai: Sono intrisa di te…

Lei mi rispose: Il tuo fluido fuoriesce dalle cavità dei pori bagnando le mie cosce.

Eravamo ancora nello stato di fusione della materia e ogni cosa provocava sussulti, decidemmo di lasciarci per far raffreddare la nostra carne.

In quel frangente si avvicinò a me un uomo dall'aspetto vissuto, vestito molto elegante, accompagnato da due donne… dentro di me dissi: Chi sarà mai costui? Si mostrò con fare cavalleresco, e dopo i convenevoli mi presentò le due donne. La più attempata era sua moglie, Madame Juliette Le Croix, l'altra sua figlia Mademoiselle Florianne Paget Le Croix.

Iniziammo una lunga conversazione, e notai che Florianne guardava con grande ammirazione e desiderio la collana che indossavo.

Una collana molto semplice in oro bianco con un pendente. Nonostante la sua semplicità era appariscente, il pendente era il fulcro della bellezza, dottamente realizzata da un artigiano di Firenze; la pietra era una gemma a goccia di Ametista di 90 carati con taglio diamante incastonata in modo che la luce potesse attraversarla e riflettersi attraverso i tagli.

Non potendo più trattenere la sua curiosità, esclamo: Mademoiselle Stephanie posso toccare il suo gioiello? Prego, risposi, e la sua mano sinistra si adagiò dolcemente sull'arcata dell'incrocio dei seni, e le dita sollevarono la gemma e l'adagiarono sul palmo della mano destra... percepivo il suo calore, i suoi occhi si illuminarono come torce nella notte, era elettrizzata, i nostri corpi erano talmente vicini che sentivo l'odore della sua pelle che emanava il profumo delle Ardenne, dei laghi e dei vigneti che adornano le campagne circostanti. Aveva il colore dello chardonnay, i suoi capelli castani come il legno di vite, le sue mani affusolate, segnate dal lavoro, erano belle e curate, il tatto delicato e sapiente, proprio come le mie, e la sua voce soave come il ribollire del mosto. Ormai la conversazione si era spostata sul gioiello, e avevamo escluso da essa Monsieur Adien e Madame Juliette con gentilezza si congedarono, lasciandoci sole, immerse nella nostra conversazione.

Continuammo per tutta la serata, ci spostammo in un angolo del salone, dove c'erano dei tavolini in legno di cedro del libano, finemente intarsiati con decori del '500, intorno ad essi dei sofà in pelle primo fiore di color cognac.

Ci accomodammo, e iniziammo a raccontarci... Florianne era molto colta, aveva studiato nelle migliori scuole di Parigi, una laurea in Agraria con il massimo dei voti. Lavorava nell'azienda di famiglia, che nel campo della viticultura è sinonimo di altissima qualità e vanta vini di eccellenza. Lei rappresentava la terza generazione di una famiglia la cui vita era sempre stata espressione di concretezza e capacità imprenditoriali di grande successo riconosciute non solo in Francia ma anche in gran parte del mondo.

I loro vini sublimano e adornano le tavole più importanti del territorio francese e non solo.

Nonostante questo, lei era incantata dalla mia persona, parlava con voce dolcissima e continuamente elogiava la mia arte sartoriale, le sue mani ormai erano sempre appoggiate sulle mie... il suo atteggiamento mi colpiva, lentamente entrava nella mia mente, con passi leggiadri, e si impossessava di me con naturalezza e disinvoltura. Ero ammirata dalla sua dolcezza e in particolare dal profumo naturale della sua pelle.

Con estrema gentilezza mi chiese: Stephanie potresti disegnarmi e cucirmi un abito come quello di Madame Claudette? A quella domanda rimasi pietrificata, perché ero consapevole che non potevo creare qualcosa di simile, quello oltrepassava ogni cognizione umana. Florianne riformulò la richiesta per ben tre volte, a quel punto decisi di accettare. Per me era un privilegio sotto ogni aspetto, allora le chiesi quando potevo andare da lei per poter prendere le misure e scegliere il tessuto, e preparare dei disegni secondo sue indicazioni.

La risposta di Florianne fu rapidissima: Domani, sei mia ospite per questo fine settimana.

Risposi ricordandomi che l'indomani mattina sarei stata impegnata con Madame Claudette, perché dovevamo andare alla Cattedrale di Nostra Signora di Parigi per parlare con la Reverenda Madre e concordare quando avrei potuto iniziare le lezioni di pianoforte.

Lei velocemente rispose: Chiederò personalmente a Madame Claudette, per me farà un'eccezione e sposterà il vostro appuntamento. Rimasi sbigottita, sapevo che si conoscevano, ma non fino a questo punto e con una richiesta del genere, rivolta a quel tipo di femmina, la quale non concedeva mai a nessuno, tranne a me, opzioni nel poter decidere su ciò che lei aveva programmato.

Florianne chiamò un cameriere e gli disse: Gentilmente, può cercare e accompagnare da me Madame Claudette?

Il cameriere chiamo il direttore dell'Hotel, perché sapeva benissimo che lui non avrebbe mai potuto permettersi si rivolgersi a Madame Claudette.

Dopo qualche minuto, il direttore con un'aria visibilmente scossa venne da me e mi disse con voce tremolante: Mademoiselle Stephanie, non posso andare da solo, la prego venga anche lei. Quelle parole entrarono nella mia mente e nel mio cuore, e fu allora che capii definitivamente chi fosse Madame Claudette, e cosa rappresentasse, ma soprattutto cosa fossi diventata. In quel preciso istante quale fosse il mio ruolo in quella stretta cerchia di persone presenti quella sera. Non ero più la sartina di bottega, ma l'unica prediletta di quella donna meravigliosa che mi amava più della sua vita.

Mi alzai e chiesi a Florianne di venire con me. Il direttore dell'Hotel ci precedeva e invitava le persone con garbo e gentilezza a spostarsi perché Mademoiselle Stephanie aveva necessità di dialogare con Madame Claudette. Con passo spedito attraversammo tutto il salone, le persone al nostro passaggio chinavano il capo in segno di saluto e rispetto.

Arrivammo alla fine dell'ampio spazio, e quando mi vide arrivare Madame Claudette mi corse incontro con aria spaventata, come se mi fosse accaduto qualcosa di spiacevole; io le sorrisi per tranquillizzarla.

Non diede modo al direttore di annunciarmi, anzi lo liquidò con uno sguardo, venne vicino a me e disse: Stefy, cosa c'è?

Ingenuamente omessi di chiamarla Madame Claudette, e la chiamai come facevo sempre: Cuore, ho bisogno di chiederti un favore!

Dimmi pure Stephanie. Domani non possiamo andare a Notre Dame, perché Florianne vuole che vada a casa sua per poter predisporre le misure e il disegno di un abito che gentilmente mi ha chiesto di farle.

Madame Claudet, rispose: Stephanie ogni tua richiesta è da me concessa, lo sai che a te non potrò mai negare nulla. Io ringraziai, e lei rispose: Amore, tu non devi mai ringraziarmi. Poi rivolgendosi a Florianne esclamò: Florianne, riferisci a Monsieur Adien che questa tua richiesta è diventata un debito nei miei confronti. Porta i miei saluti a Madame Juliette.

Con estrema dolcezza e tantissimo amore, mi baciò sulla guancia sinistra e disse: ci vediamo dopo, finisco la conversazione con gli amici e ti raggiungo.

Guardo intensamente Florianne, e le sorrido, anche lei sorride ed esclama: ma quanto ti ama questa donna? Alla follia, risposi con tono deciso e inequivocabile… Aggiungendo una domanda che non avrei mai dovuto pronunciare: E tu?

Fu in quel preciso istante che Florianne mi prese la mano con decisione, si guardò intorno e mi trascino in un angolo al riparo da occhi indiscreti. Si avvicinò a me, aveva il fiato lunghissimo, gli occhi languidi, con la mano destra mi prese il capo e all'improvviso mi baciò. Fu un bacio inaspettato, mi colse di sorpresa, ero come un uccellino caduto dal nido, preda facile… le sue labbra sulle mie, la lingua scivolò lentamente nella mia bocca, chiusi gli occhi e cercai di trattenere quell'impeto con il quale Florianne aveva disarmato la mia corazza con una mossa inaspettata.

La spostai, e le dissi: Ma cosa fai? Lei rispose: Io per te sono disposta a morire… ti desidero, mi fai letteralmente impazzire di desiderio.

Tremavo tutta, non sapevo cosa rispondere, non potevo permettere questo, non era il momento, né il luogo e né la condizione. Dovevo reagire, non potevo soccombere in quel momento. Mi avvicinai a lei e le dissi: Florianne, io amo Madame Claudette, non posso… Lei rispose: Ora ci sono anche io. No, Florianne… Stephanie, ti prego, domani vieni da me.

Furono le ultime parole, perché da lì in poi eressi un muro, dovevo proteggermi e confidarmi di ciò che mi era capitato con Madame Claudette.

Florianne si mise accanto a me e comunicava con gli sguardi, i suoi occhi mi spogliavano, accarezzavano, baciavano le mie labbra, sfioravano il mio corpo... riuscivo a percepire l'intensità della passione che la scuoteva come una canna battuta dal vento, quello stesso vento sferzava il mio animo e la mia mente. Sicuramente in un'altra situazione avrei accettato, ma in quel momento non ero lupa, bensì preda.

Arrivò finalmente la famiglia di Florianne e con loro anche madame Claudette. Ci salutammo, nello stesso frangente Monsieur Adien con una mossa molto astuta ma elegante, rivolgendosi a me disse: Mademoiselle Stephanie, domani mattina alle 9:00 troverà fuori l'Hotel la macchina che la condurrà da noi, ogni sua necessità sarà esaudita, si rivolga pure al direttore dell'Hotel, abbiamo già predisposto una stanza per lei e per Madame Claudette.

Non finivo più di ringraziare, il mio imbarazzo era evidente, la gioia era incontenibile, e gli sguardi di Florianne ricolmavano ancora di più il mio cuore. Un ultimo saluto nella hall dell'Hotel, Florianne si allontanò da me fissandomi intensamente per l'ultima volta, esclamando: A domani, Stephanie!

Ero al settimo cielo, una serata magnifica, ma non era ancora finita, perché decidemmo di cenare in un ristorante non molto distante dall'Hotel. La famiglia Le Croix era stata gentilissima nel prenotarci la stanza in Hotel, non era necessario, visto che l'Hotel si trova a

Parigi a cinque fermate di metropolitana da casa mia, ma questa gentilezza era dovuta nei confronti di madame Claudette, che in passato aveva fatto grossi favori a Monsieur Adien.

Entrammo nel ristorante, ci accomodammo al tavolo, che preventivamente era stato prenotato da Madame Claudette. Ora era giunto il momento tanto atteso: poter stare con il mio amore, respirarla e toccarla; baciarla senza vincoli ed etichette.

Spostai la sedia e la misi accanto a lei, volevo sentire il calore della suo corpo sulla mia pelle e respirare il suo profumo di femmina.

Iniziai a raccontare la serata, e quanto mi era accaduto con Florianne, con tutti i dettagli, ma non per giustificarmi, ma solo per avere delle risposte che in realtà dovevo dare io a me stessa e non Claudette. Nel racconto emerse con evidenza la mia ingenuità data dall'età, ad un tratto lei disse: Stephanie, ascoltami bene! Tu per me sei la cosa più preziosa che possiedo, e nulla al mondo potrà dividerci, ma il destino è più forte di ogni decisione umana. Tra me e te c'è tanto amore, complicità, passionalità, intesa mentale, viscerale e corporale, siamo fatte l'una per l'altra, ed è per questo che io ti esorto nell'andare da lei, per il semplice fatto che prima o poi doveva accadere quanto accaduto. I miei quarantasette anni non sono sufficienti, non lo è neanche la mia condizione sociale, nemmeno il nostro amore può fermare ciò che naturalmente avverrà.

A queste parole, i miei occhi si riempirono di lacrime, la mia mente aveva elaborato perfettamente quelle parole, Claudette mi stava dicendo che non sarebbe durata a lungo la storia con lei, perché il mio spirito libero, la mia giovane età, la mia bellezza e soprattutto la voglia di scoprire nuove emozioni, anche se non le cercavo, inevitabilmente sarebbero comparse e avrebbero posto condizione di scelta alla nostra storia.

Non accettai quelle parole, pur sapendo che le stavano logorando l'anima e lacerando il cuore; avevo la testa poggiata sul suo petto e riuscivo a percepire tutto il dolore che le attraversava le carni.

Nonostante questa sofferenza, lei era sempre dolcissima, mi accarezzava, mi amava, baciava i miei capelli. Quei gesti erano solo per me, per addolcire l'amaro di quella decisione non voluta ma presa solo al fine di tutelare me in ogni modo e di non permettermi di soffrire come stava facendo lei.

La cena finì, anche se nulla toccammo del cibo che avevamo ordinato, perché quella che doveva essere una cena romantica si era trasformata in una confessione dolorosa dove la sofferenza della consapevolezza aveva divorato la dolcezza dell'amore e il buon gusto del cibo pazientemente preparato per noi.

Bevemmo un caffè, e poi ci incamminammo verso l'Hotel.

Quella fu una passeggiata che in brevissimo tempo si trasformò in una via crucis, dove ogni fermata era una pugnalata al cuore, dove la razionalità faceva sempre più breccia in quel castello che un tempo era stato una roccaforte inespugnabile. Il nostro rapporto stava per essere demolito colpo dopo colpo, ma questo non perché non ci amavamo, ma poiché in quel momento la più forte doveva proteggere la più debole e farle comprendere la realtà delle cose, ad ogni costo, senza nessuna pietà. Se ciò non fosse avvenuto ci saremmo logorate entrambe e la separazione sarebbe stata ancora più devastante.

Ci fermammo davanti alla statua di Santa Giovanna D'Arco, che era proprio difronte all'Hotel. In quel preciso istante Claudette esclamò: Stephanie, osservala attentamente, vedi com'è fiera, la sua forza, il suo coraggio, la sua determinazione? Sì, risposi, la sento e riesco a percepirla… Ecco, fai come lei, mi disse, segui lei in tutto, come io ho fatto prima di te.

A quelle parole presi coscienza che ormai ero da sola nel mondo, ma non del mondo.

Claudette continuò: Tu non sarai mai sola perché ci sono io e ci sarà anche lei, che fino alla fine dei tuoi giorni veglierà su di te… rendici fiere di te e non deluderci mai.

Di istinto l'abbracciai, la mia bocca sulla sua, le mani in un groviglio nei suoi capelli. La baciavo in continuazione, lei baciava me, i nostri corpi si avvinghiarono come tralci di vite sul filo spinato, senza timore delle ferite. La desideravo più dell'aria e volevo fare l'amore con lei, lì e in quel preciso momento, ma come sempre, Claudette mi fermò, e con estrema gentilezza e classe, mi disse: Amore stiamo dando scandalo, entriamo in Hotel.

Era proprio questo che ammiravo di lei, la sua eleganza in tutto, la compostezza dei gesti, e il rispetto per quell'amore così profondo che tutelava in tutte le forme possibili, l'amore che provava per me era di un'altra galassia, non apparteneva a questo universo.

Davanti alla porta dell'Hotel ci stava spettando il direttore, una persona d'altri tempi che ci salutò chinando il capo e baciando le nostre mani, aprendoci la porta e facendoci accomodare. Aveva preparato un tavolo con tre calici di cristallo di Boemia e una bottiglia di cognac francese, rivolgendosi a Claudette esclamò: Madame, il suo cognac preferito l'attende, è l'ultima bottiglia della sua annata preferita 1903, un'annata che rimarrà nei libri di storia.

Ci fece accomodare, e Claudette disse: Monsieur Albert, la prego ci faccia compagnia. A quelle parole, vidi sul volto del direttore delle lacrime, e con voce commossa esclamò: Sono 35 anni che aspetto questo invito da lei.

Rimasi sbalordita, davanti a questa scena, quell'uomo amava Claudette da tutti quegli anni e lei non gli aveva mai concesso nulla, se non quell'unica sera.

Fu come se dopo tutti quegli anni di attesa le avesse detto "anche io ti amo", ma non posso amarti perché siamo di due mondi diversi, però ti concedo di stare accanto a me.

Un privilegio che Claudette aveva concesso solo a due uomini e certamente non erano direttori di un Hotel.

Quella notte l'olimpo saffico accolse un discepolo, che nella sua umiltà e umanità amò nel silenzio più cupo una donna regina indiscussa di quel tempio dove l'amore è divinità e non soffio effimero.

Una leggenda narra che i quattro pilastri che sorreggono il tetto del tempio siano a loro volta sorretti da quattro uomini, sapientemente prescelti non per la bellezza e la prestanza fisica, ma bensì per la forza con cui sanno amare in silenzio e sopportare il dolore che provoca questo sentimento così nobile non corrisposto.

In quel tempio vengono educate le ancelle prescelte, affinché la purezza di ogni gesto diventi in loro emblema indiscusso dell'essere donna capace di amare un'altra donna con sentimento puro.

L'orologio a pendolo posizionato nella sala batteva i rintocchi della mezza notte, era tardi e l'indomani mattina dovevo partire per Reims. Mi alzai e invitai Claudette ad andare a dormire, ma lei rispose: Amore, vai pure, questa notte ho bisogno di dormire da sola.

Quelle parole furono come un tonfo al cuore. Mi avvicinai a lei e la baciai augurandole un felice riposo. Lei esclamò: Amore, perdonami, questa sera deve finire così. Le mie braccia si gettarono al suo collo e la baciai di nuovo. La tristezza mi scese nell'animo, ma la razionalità prese il sopravvento e mi indusse a salire in camera senza ripensamenti e attese inutili. Quando Claudette decideva una cosa era quella e non amava essere contrariata, perché dietro a ogni sua decisione vi era sempre una ragione che schiacciava ogni sorta di dubbio in merito.

Salii in camera e velocemente mi spogliai e mi misi a letto. Ero stanca ma non riuscivo a prendere sonno, mi rotolavo tra le lenzuola, e ripensavo a tutto quanto era successo quella sera, e la mente senza volerlo si fermò sul fotogramma del bacio di Florianne. In me pensavo che era stato bello, le sue labbra erano morbidissime, il suo profumo di femmina mi piaceva, era molto carnale, e poi bellissima e dolcissima. Dopo un po', la mia mente cedette e mi adagiai tra le braccia di Morfeo con le sue ali nere, pronto per offrirmi il suo mazzo di papaveri rossi e accompagnarmi in un lungo sonno.

Nonostante il sonno profondo, la sveglia fu alle 6:30, come ogni mattina. Mi alzai e mi affacciai alla finestra, un cielo meraviglioso e l'aria fresca dal sapore di Senna mi accarezzò il viso. Ordinai la colazione per telefono, e nel frattempo mi preparai. Dovevo sbrigarmi, perché dovevo passare prima da casa, per prendere alcune cose e in particolare la mia piccola valigia che avevo sempre pronta.

Questo accorgimento lo avevo imparato da Claudette: avere sempre il necessario per un fine settimana, non si sa mai…me lo ricordava sempre.

Suonarono alla porta, la colazione. Il profumo del caffè invase la stanza e si mescolò alla fragranza dei croissant. Li adoravo, semplici senza nessuna crema, al naturale.

Una goccia di profumo, sul seno sinistro ed ero pronta, poi decisi di indossare la collana porta profumo e non quella della sera prima.

A casa mi sarei cambiata d'abito, e già stavo pensando a cosa indossare.

Con la rimanenza del tessuto del vestito di Claudette mi ero cucita un tubino anni '40 apportando delle modifiche sulla lunghezza. Avevo creato uno spacco all'altezza della coscia sinistra, molto particolare. Volutamente, per esaltare le mie calze preferite, le parigine, che avevo comprato in un negozio molto alla moda. In realtà era il regno delle calze, dove si potevano trovare i modelli più prestigiosi del momento. È risaputo che per una femmina sono l'accessorio più importante dopo l'intimo, dettagli che non bisogna mai trascurare.

Fatta colazione uscii dalla stanza, alla fine del corridoio c'era Claudette che mi aspettava, mi misi a correre per arrivare il prima possibile da lei e baciarla. Era bellissima anche appena alzata.

Fu un lunghissimo bacio, pieno di passione, e non poteva essere diversamente.

Claudette sussurrò: Stephanie, anima mia... a quelle parole io mi sciolsi come neve al sole, non volevo andare e lasciarla da sola, avevo voglia di lei, ma dolcemente mi disse: Su, dai, ti stanno aspettando, ricorda che la puntualità in una donna è la corona che l'eleva a regina. Sì, Claudette, vado, ancora un altro bacio. E un altro ancora, ancora, ancora, poi lei dolcemente mi disse: Ora devi andare, ti amo e ti aspetterò sull'uscio della nostra ara. Sì, risposi, domenica sono da te, baciami ancora, ti prego. Fu veramente l'ultimo bacio, poi scesi le scale di fretta, e nella hall trovai il direttore, che mi aspettava per accompagnarmi al taxi. Aprendomi lo sportello mi salutò galantemente, augurandomi buon viaggio.

Entrai in macchina e mi rivolsi all'autista comunicando l'indirizzo di casa mia. Ci impiegammo pochissimo tempo ad arrivare, Parigi sonnecchiava ancora, le strade erano semi deserte. Il sabato è un giorno di riposo e le persone si concedono qualche ora di sonno in più. Arrivammo sotto casa mia, scesi dall'auto e velocemente, entrai in casa.

Le mie amiche dormivano ancora, entrai nella mia stanza, presi la piccola valigia, e una pocket dove all'interno si trovavano i miei strumenti di lavoro: un metro da sarta, una matita, una gomma, delle forbici e delle spille. Mi ricordai che avevo un tessuto bellissimo acquistato qualche mese prima. Esso era sufficiente per cucire un abito. Lo avevo comprato per me, ma in quel momento non pensai che lo fosse. Il tessuto era pregiato e sul corpo di Florianne sarebbe stato magnifico.

Baciai la mia compagna di stanza Marlene, che tra veglia e sonno disse: Stephanie, dove vai? Hai dormito fuori questa notte? Sì, tesoro, parto. Vado a Reims e ritornerò domenica. Mi abbracciò e mi augurò buon viaggio. Marlene era una ragazza molto dolce e una sarta eccezionale, era stata lei a insegnarmi tutti i segreti sul come tagliare il pizzo francese. Ella era figlia d'arte, la mamma e la nonna erano sarte specializzate sul come cucirlo.

Chiusi la porta e velocemente raggiunsi il taxi che mi stava attendendo. Salii in macchina e dissi: Possiamo andare. Dalla borsetta presi l'indirizzo che Florianne mi aveva dato la sera prima. Ricordai che non avesse una penna, e scrisse l'indirizzo con un rossetto di colore vermiglio, utilizzando come foglio un tovagliolo preso in prestito da uno dei tavoli dell'Hotel. Che buffa, pensai, in quel momento dimenticò ogni forma di galateo. Da lì a poco avrei scoperto il perché.

Uscimmo dalla città e l'autista decise di non percorrere l'autostrada, bensì la strada provinciale. Lo fece per farmi gustare quel viaggio tanto sognato e ammirare la campagna francese e soprattutto le

Ardenne, con i suoi laghi e il fascino che solo quella regione sa regalare.

Il viaggio fu breve, appena due ore di macchina; il percorso che aveva scelto l'autista era favoloso, appena entrammo nel dipartimento della Champagne esclamò: Mademoiselle, siamo nelle Ardenne. Abbassai il finestrino, l'aria era favolosa, il suo profumo eccezionale, si sentiva l'odore del mosto e sembrava che le bollicine del suo famosissimo vino fluttuassero nell'aria.

A un tratto l'autista si fermò in un distributore di benzina, e mi chiese di scendere per prendere un caffè. Accettai volentieri, eravamo in anticipo, le strade erano libere, pertanto aveva impiegato pochissimo tempo e potevamo concederci una sosta.

Una persona molto distinta, educata e preparata. Entrammo nella caffetteria e ordinò due caffè. Ci accomodammo a un tavolino, l'ambiente era spartano. Le pareti tappezzate di fotografie che raccontavano la Seconda Guerra Mondiale, quel conflitto che scosse questa terra in modo violento e cruento. Quelle foto erano cicatrici mai rimarginate, messe lì a testimoniare che l'odio e la sete di potere non reca mai benefici ma solo distruzione. In quelle foto in bianco e nero emergeva tutta la forza e l'orgoglio del popolo francese, quello spirito di coraggio, di libertà, fraternità e uguaglianza che questo popolo ha fatto divenire il suo motto. In quelle foto aleggiava lo spirito di Giovanna D'arco che tanto fece per quella terra, donò la sua vita per il popolo senza chiedere nulla in cambio.

Chiesi il nome all'autista, anche perché ero curiosa di sapere di quella terra così bella e intrisa di storia e ricordi.

Si presentò, il suo nome era Filippe, la sua età era avanzata, ma il suo aspetto era molto gradevole. Iniziò a raccontarmi della sua vita e del suo lavoro. Conosceva bene la famiglia Le Croix, lavorava come autista da quarant'anni, era cresciuto in quella famiglia, e il suo papà prima di lui svolgeva lo stesso compito.

Ne parlava in modo eccezionale, estasiato, commosso. Ripeteva sempre che per lui quella famiglia era l'unica e vera. Quando era piccolo perse prima la madre e dopo il papà e Monsieur La Croix lo crebbe come se fosse stato suo figlio.

Lui non era un'autista qualunque, lui era una persona di famiglia e l'unica che si potesse permettere di chiamare per nome tutti i componenti.

Gran pregio, perché come lui stesso affermò: …la famiglia Le Croix è una delle poche famiglie conosciute in tutta la Francia per i suoi valori e serietà.

Finimmo di bere il caffè e Filippe mi disse: Mademoiselle, lei mi ha commosso quando mi ha dato l'indirizzo. Non poteva sapere che io faccio parte di quella famiglia e Monsieur Le Croix aveva già disposto tutto. Mi scusai, e lui con un dolcissimo sorriso esclamò: Per lei oggi è un grande giorno e un privilegio che ricorderà per tutta la vita.

Dopo queste parole, ci incamminammo verso la macchina, mi aprì lo sportello e mi fece accomodare. Dopo essere salito in macchina mi disse che ci saremmo fermati per visitare la Basilica DI Saint-Rémy, e che era doveroso farlo per ammirare la sua bellezza e la storia che custodisce.

Avevo letto tutto su questa Basilica, e Claudette mi aveva svelato ogni particolare, dicendomi che le sue pietre trasudano storia e mistero.

Arrivammo sul sagrato, scesi dall'auto, le gambe mi tremavano, io sapevo bene cosa rappresentasse quel luogo. Il silenzio piombò nell'aria, sembrava che il tempo si fosse fermato, e con esso anche quella lieve brezza mattutina.

La porta della Basilica era spalancata, salimmo le scale lentamente e mi fermai sotto l'architrave. Prima di entrare mi segnai. Fu quello un gesto che pietrificò Filippe.

Il suo volto divenne bianco come la neve e non ebbe più il coraggio di stare accanto a me. Dalla mia borsetta presi un velo nero e coprii il mio capo. Questo fu un altro gesto che stupì Filippe. Lentamente iniziai a percorrere la navata centrale che portava all'altare. Ci sedemmo al primo banco, lasciai la borsetta e mi inginocchiai, avevo gli occhi chiusi, la mia mente completamente assente da tutte quelle bellezze architettoniche, e con la voce della mia anima iniziai a recitare il salmo 90 e 114. Li conoscevo a memoria, era l'unica preghiera che recitavo ogni volta che entravo in una Chiesa.

Finite le mie preghiere, mi segnai ancora allo stesso modo, e mi sedetti nel banco accanto a Filippe.

Restammo ancora lì per qualche minuto, poi lentamente uscimmo dalla Basilica.

Al di fuori, mi sentii come rinata, il mio sogno si era avverato. Ci incamminammo verso la macchina, in silenzio, Filippe non disse una sola parola. Salimmo e ci dirigemmo verso casa di Florianne che non era molto distante dalla Basilica.

Nel frattempo, decisi di chiedere a Filippe cosa avesse e se si sentisse bene, lui rispose: Mademoiselle, vous êtes une dame du… Lo interruppi subito con un sì, ma lui continuò: … seules les dames font ce que vous avez fait. Je suis honoré de la connaître et je saurai comment enfouir le secret en moi, moi aussi, ainsi que toute la famille Le Croix.

Quelle parole risuonarono dentro di me come campane nel giorno di festa, ero consapevole che non ero sola e che stavo andando in una grande famiglia d'altri tempi… e fu come se all'improvviso fui proiettata nel lontano 1200, per poter rivivere qualcosa che ignoravo, e che la mia mente poteva solo immaginare.

Finalmente arrivammo. Tutta la famiglia Le Croix mi stava aspettando, Florianne agitava le braccia, la sua contentezza nel vedermi era qualcosa di sconvolgente. Corse incontro alla macchina, indossava un vestito bianco, leggerissimo, capelli raccolti e legati con un nastro di colore rosso… era bellissima. Filippe fermò la macchina e mi fece scendere. Florianne mi abbracciò intensamente.

Sentivo che quell'abbraccio non era uno qualunque, era come il fuoco che avvolge la legna, sentivo il suo calore di femmina che entrava dentro di me… rimasi sconvolta dalla mia percezione, perché quella sensazione la provavo solo quando abbracciavo Claudette.

Mi prese la mano e mi accompagnò dai suoi genitori, li salutai con molto affetto e stima. Mi fecero accomodare in casa mentre Filippe portava i mie bagagli in camera.

Avevano preparato una tavola con mille prelibatezze, io presi solo un caffè, perché non ero abituata a mangiare durante la mattina. Poi Monsieur La Croix disse: Stephanie, si vada a cambiare, perché oggi è un grande giorno. Pigeremo un'uva particolare, e questa deve essere pigiata con i piedi e da donne. Esclamai incuriosita: Ma io non ho mai fatto questo, non so se sono capace. Florianne disse: Ti insegnerò come si fa, dobbiamo danzare e schiacciare l'uva a piedi nudi. Ero felicissima, allora Florianne mi accompagnò in camera per cambiarmi, aprii la valigia ma non avevo portato nulla di informale, e ciò che avevo non era idoneo.

Allora Florianne disse: Non preoccuparti, ti presto io un abito. Andò nella sua stanza e prese un vestito uguale al suo, leggero di lino bianco, con una cintura in vita fatta di seta di colore nero, al centro c'era una rosa bianca bellissima.

Le dissi che mi sarei cambiata in bagno, e lei esclamò: Ti vergogni? No, risposi, e lei: allora vieni che ti aiuto.

La mia vita stava capitolando nei meandri della seduzione e della lussuria più profonda, e nonostante l'amore per Claudette, nulla potevo fare, il mio destino era nelle sue mani, tutto stava per essere travolto da una passione senza limiti e confini… da lì a poco le porte del tempio si sarebbero chiuse e al suo interno sarebbero calate le stelle più fulgide e arpe dorate avrebbero cantato quell'amore, l'unione carnale di due corpi fatti della stessa materia, plasmata in quel tempio che sapientemente custodiva i segreti più profondi dell'esistenza dell'universo femmina.

Passò alle mie spalle e dolcemente mi abbassò la chiusura del vestito lasciando scivolare sul mio corpo. Sentii le sue labbra baciare la mia schiena, un brivido di piacere mi scosse tutta come un terremoto fa con il globo.

Indossavo solo un perizoma di pizzo nero, continuando a baciare le mie spalle si portò difronte a me, si avvicinò alle mie labbra, e iniziò lentamente a sfiorarle... la sua dolcezza e delicatezza non erano terrene, neanche io ero capace di tanto.

La sua lingua sfiorava le mie labbra, sentivo il suo odore di femmina che usciva da quella bocca come fumo di mirra, era caldo, un calore più forte del suo corpo. Non riuscivo a reagire, le mie braccia erano adagiate sui fianchi, ero come paralizzata.

Non si fermava, continuava a baciare la mia bocca, il mio viso e il mio collo; scese fino sui seni, e baciò i miei capezzoli che si indurirono come granito.

Raccolsi tutte le mie forze mentali e le mie braccia avvolsero la sua testa: Ti prego Florianne, dobbiamo andare, ci aspettano... Florianne sussurrò: Siamo due regine e come tali ci ameremo.

A quelle parole le mie mani si infilarono tra i suoi capelli come spade nei foderi, avvicinai la sua bocca alla mia, con tutta l'anima che avevo tenuta imbrigliata come massi alla montagna, la baciai carnalmente, in me si era scatenata quella tigre che riposava, credendo di essere sazia d'amore, ma non lo era... la scaraventai sul letto, il mio corpo era su di lei, le mie gambe erano un tutt'uno con il suo corpo, come la sella sul garrese di un purosangue, le mie mani tenevano le sue, i miei seni contro i suoi, le nostre bocche si unirono come il sole fa con la luna nell'ultimo solstizio.

Non erano i nostri corpi che governavano i movimenti, ma qualcosa di ancora più profondo, sentivo il gorgheggiare delle sue acque nel ventre, la sua anima era fuori dal suo corpo, la mia era sopra di lei.

Il sangue ribolliva nelle vene, come oro nel crogiolo, la nostra saliva fuoriusciva come soffioni boraciferi, inondando i nostri visi...

Eravamo prede della passione, della lussuria cosmica che si muove nell'orbita ellittica dei nostri ventri, i nostri aliti erano come venti che soffiavano impetuosi su dune di sabbia disperdendo le loro forme... tutto un caos, ma in armonia.

Stavamo cavalcando su onde altissime che si sarebbero infrante e disperse come brina, irrorando i nostri corpi, come rugiada nelle notti calde.

Due regine sullo stesso trono, figlie delle stessi madri, custodi degli stessi segreti, abitanti dello stesso regno, maestre delle maestre, matriarche della stessa famiglia. Lo stesso mondo che si fonde con tutta la sua forza, tutto il suo amore, la passione, la Sofia, la trasformazione e la fusione alchemica. Tutto il creato si stava fondendo per dare vita a ciò che era stato già scritto e che raramente capita.

Avvicinammo le nostre labbra, le nostre urla si fusero nel silenzio totale, le nostre anime si allungarono come archi, i nostri ventri si contraevano con la stessa forza delle maree, un lunghissimo soffio fuoriuscì dai nostri corpi, avvolse le nostre anime, approdò come lava bollente dai pendii scoscesi unendosi e formando ruscelli il cui letto ricolmo tracimava, irrorando tutto ciò che incontrava.

Lo sfinimento adagiò i nostri corpi come grano sapientemente falciato, mentre il loro calore si dissipava attraverso i respiri.

A un tratto, una voce chiamò i nostri nomi, e come se una cascata di ghiaccio si fosse rovesciata su di noi, in un attimo la nostra mente rientrò in possesso dei corpi, con voce lanciata nell'eco, Florianne rispose: Stiamo arrivando.

Indossai il vestito velocemente, ci preparammo e scendemmo giù.

I nostri volti erano visibilmente arrossati, e Florianne prontamente trovò una risposta dicendo: Stephanie si era assopita, perché era stanca e io mi sono addormentata accanto a lei. Una scusa molto banale, che fu accolta con sorriso e grande tenerezza.

Ci accingemmo a raggiungere un casolare adiacente all'abitazione, dove c'erano altre persone che ci aspettavano. Tutto era pronto per la pigiatura dell'uva, una tradizione che divenuta un vero evento che affondava le radici nella famiglia Le Croix, la quale aveva dato un'impronta propiziatoria e storica a cui erano molto legati.

Il sole di settembre scaldava l'aria intrisa dal profumo dell'uva, i volti sorridenti e gioiosi, i convenevoli e l'accoglienza rivolti alla mia persona fecero da ariete nella mia mente per distogliere il pensiero che era ancora rivolto a quanto si era verificato poco prima.

Salimmo su delle piccole scale, ad esse era accostato un tino grandissimo, al suo interno tanti grappoli d'uva ripuliti dalle foglie aspettavano di essere schiacciati dai nostri piedi per trasformare la materia in liquido, quel liquido di cui Bacco sarebbe diventato custode e dispensatore.

Ero eccitatissima, non avevo mai partecipato a un evento così, e ignare erano le sensazioni che potevano scaturirne.

Entrammo nel tino, Florianne mi teneva le mani, quando i miei piedi furono a contatto con quella materia sprofondai fino alle ginocchia.

Lentamente incominciammo a danzare, la sensazione era stupenda, le persone intorno al tino ci applaudivano, e iniziarono a canticchiare canzoni di altri tempi. L'aria che ci circondava era festosa, piena di sapori e profumi, sensazioni nuove avvolgevano il mio corpo, i piedi danzavano a un ritmo lento e percepivano ogni vibrazione. I chicchi d'uva si rompevano sotto il mio peso, facendo fuoriuscire tutto il liquido giallo paglierino. Con forza schiacciavo e la sensazione di liquido mi inebriava i sensi. Quella danza durò diverse ore, ormai le gambe erano avvolte e grondanti di quel nettare dolciastro che all'inizio era freddo, ma dopo divenne caldo. L'odore del mosto inebriava la mia mente, sentivo il mio corpo fluttuare, una sensazione simile l'avevo provata quando una volta in un caffè con Claudette avevo assaggiato il laudano.

Danzavamo come ancelle, Florianne mi teneva le mani, le nostre vesti arrotolate e annodate sui fianchi diventavano sempre più pesanti, intrise di quel fluido che schizzava da ogni parte.

Le mie gambe erano totalmente immerse, le cosce erano anch'esse umide e appiccicose, una sensazione bellissima.

La danza durava da diverso tempo, e i nostri corpi caldi avevano iniziato a sudare, emanando i nostri odori che si mescolavano all'odore del mosto, la danza prese un ritmo diverso, il mio sguardo si incrociò con quello di Florianne e all'unisono ci stringemmo forte le mani.

Quel gesto fu una comunicazione non verbale, che quella danza da lì a poco sarebbe diventata una ballata di sensi e una vibrazione unica per i nostri corpi e le nostre anime.

Ci avvicinammo quasi sfiorandoci, sentivo il calore del mosto che saliva per le cosce e mi attraversava tutta; le mani di Florianne emanavano una vampa ancora più forte, sentivo il suo cuore battere tra le mie dita, il suo sudore colava giù per il collo e si incanalava nel suo petto bagnando il vestito che ricopriva i suoi seni.

Il nostri abiti erano intrisi di sudore e di mostro, esaltando la rotondità e la forma dei seni, evidenziando i capezzoli turgidi come gelsi acerbi.

La danza durò ancora per poco, poi decidemmo di uscire e lasciare il posto ad altre donne che si erano preparate per continuare quella ballata senza tempo. Uscimmo dal tino, i nostri piedi erano bagnati, increspati come le onde del mare, li asciugammo velocemente e poi scalze rientrammo in casa per poterci lavare. Salimmo al piano superiore, ma entrammo nella mia stanza, Florianne non esitò nel baciarmi.

La stanza aveva ancora il nostro odore, quello che avevamo lasciato, ed era lì ad aspettarci.

Furono attimi di follia. I nostri corpi si unirono di nuovo, ormai la passione prendeva il sopravvento in ogni occasione. Le sue mani cercavano la mia pelle, i nostri aliti si mescolavano, eravamo due onde che si incrociavano, i nostri sensi si cercavano, ci respiravamo intensamente. Baci lunghissimi, interminabili, da mordere il fiato, i vestiti ormai zuppi di sudore e mosto, scivolarono ai nostri piedi…

Eravamo disadorne l'una difronte all'altra, le nostre cale si toccarono, due corpi, due cuori e un'anima sola. La luna aveva giocato con il nostro ventre, aveva atteso troppo tempo, ma quel tempo non era stato sprecato. Sapientemente a nostra insaputa li aveva preparati come la primavera fa con la terra, rendendola feconda per qualsiasi seme che in essa viene conficcato.

Eravamo al culmine della fertilità per donare vita, il nostro libito scuoteva senza sosta le membra prive di controllo.

Ci adagiammo sul letto, le nostre gambe si intrecciarono come corde marinare, le nostre bocche si cercavano, la pelle si fondeva, l'organo del gusto assaporava ogni angolo nascosto, la saliva si mescolava al gusto del mosto, e tutto diveniva nettare.

Ripulimmo i nostri corpi in questo modo, sfidando la resistenza del piacere. Immersi come metalli in una fucina si contorcevano senza opporre resistenza alcuna, i nostri ventri crogioli arroventati dalla passione, le nostre gambe ultimi baluardi a difesa, spalancate senza più cardini a tenerle… inutile ormai, eravamo nel turbine dove tutto era rimescolato, dove niente ha un senso, un verso, un orizzonte, una meta, una fine. Il termoclino dei nostri corpi e delle viscere era cancellato, le acque erano gonfie, l'abisso era superficie e la stessa diventava abisso, la luce non filtrava più nelle pupille, le palpebre le impedivano di entrare, le iridi infuocate cercavano refrigerio tra le labbra, ma anch'esse roventi non davano sollievo.

La carne stessa bruciava come tizzoni ardenti, il calore si mescolava all'odore viscerale esaltando il suo sapore acre e dolciastro. Una linfa alchemica che fuoriusciva dalle cavità dell'arca della vita ormai senza più barriera.

Le due corone cadevano a terra, ormai tutto stava per compiersi…

Il desco era pronto, si aprirono le porte del tempio, l'ultimo respiro e le anime si inchinano d'innanzi a lui… il congresso del corvo ebbe inizio, gli archi si tesero fino a spezzarsi, le frecce scoccarono trapassando i ventri infuocati, gli abissi si incanalarono verso le barriere ormai divelte, nessuna barriera poteva fermare quelle frecce che terminarono la folle corsa nell'abbracciamento, conficcandosi all'imboccatura dove l'organo del gusto raccoglieva ogni goccia di quell'abisso rimescolato.

Il congresso aveva soddisfatto i corvi ma non era ancora giunto alla fine, essi non sazi si voltarono e divisero le acque, rimescolandole ancora.

Sfinite ci adagiammo l'una accanto all'altra, lasciando le nostre corone a terra. Quel congresso non proclamò regine, ma il sole ugualmente baciò l'orizzonte.

"Ogni uomo dà la sua vita per ciò in cui crede. Ogni donna dà la sua vita per ciò in cui crede. Spesso le persone credono in poco o niente e tuttavia danno la propria vita a quel poco o niente. Una vita è tutto ciò che abbiamo e noi viviamo come crediamo di viverla. E poi è finita. Ma sacrificare ciò che sei e vivere senza credere, quello è più terribile della morte."
Santa Giovanna D'Arco

***

Le nostre materie erano assopite nel tepore della carne e le anime ancora in tumulto mimavano ogni respiro, l'una sull'altra senza verso. La conoscenza sull'uscio della materia aspettava paziente, la Sofia ricurva su se stessa si rifiutava di lasciare l'anima senza un custode; a un tratto, alla porta qualcuno bussò. Un suono terreno esclamò: Florianne, Stephanie, siete sveglie?

I miei occhi si aprirono a fatica e con voce fioca risposi: Sì, c'eravamo addormentate. Richiusi gli occhi e avvicinando le labbra a quelle di Florianne esclamai: Spirito, mia coscienza, dobbiamo alzarci…

Non erano le mie parole, che uscivano dalla carne, ma il soffio del tempio che era in me. Tutta la forza della Sofia e gli aliti si unirono ancora, le sue mani sfioravano le mie gote, lentamente aprimmo gli occhi, e i nostri sguardi si incontrarono sull'uscio terreno delle orbite oculari, come guerrieri stremati, inginocchiati difronte alla resa delle forze, tempia contro tempia, l'odore scendeva sui volti come sudore, le bocche asciutte come deserti infuocati, si aprirono lentamente, come quando le acque furono divise per ordine dell'Altissimo. Ormai solo i nostri aliti avevano la forza e la consapevolezza di dove eravamo arrivate, e cosa avevamo attraversato.

Colonne di saliva come ragnatele univano le nostre labbra, nessuna delle due voleva uscire dall'altra, ormai nonostante le acque erano irte come un muro, ferme sull'uscio del tempio aspettando chi avrebbe fatto il primo passo.

La fiamma ardea, il suo calore emanato dalle lingue di fuoco avvolgeva la fragilità dei nostri corpi, la carne, le ossa l'acqua e il sangue ribollivano nella caldera delle nostre anime, la razionalità non abitava più in noi, essa aleggiava nell'aria che respiravamo.

Cercai con tutte le mie forze di rinvenire, accarezzavo Florianne con il mio viso, le sue braccia mi stringevano dolcemente, le mie mani nei suoi capelli, le nostre labbra non avevano più controllo.

Dovevamo alzarci, l'orologio del tempo segnava le 18:17.

Ci rotolammo giù dal letto, andammo in bagno, entrammo insieme sotto la doccia.

Ormai i confini della razionalità erano miraggi nel deserto.

Purificammo i nostri corpi, mi accorsi che anch'essa usava l'amido. I corpi ancora bollenti, dolcemente li ricoprimmo di amido, lasciando che la nostra pelle assorbisse l'odore delle terre d'oriente, dove terrazzamenti ricolmi d'acqua fanno germogliare le esili piante, sapientemente interrate da mani di donna, logore dal duro lavoro, ginocchia che si flettono e schiene ricurve sferzate dal sole e dal caldo, il riverbero riflesso dalle acque irradia i volti e i ventri.

Governammo i nostri capelli, neri come la pece che chiude le fenditure delle assi di larice atte a ricoprire i ponti delle caravelle, a preservare le loro stive ricolme delle delizie della terra, prudentemente accumulate per scongiurare lo scorbuto.
Appoggiata a me, Florianne strofinava il suo corpo al mio, le sue mani accarezzavano la pelle, le sinuosità, la vita, scendevano lungo le cosce, risalendo i precipizi, fino alla cengia dove fermarsi.

L'acqua scendeva sul mio corpo come pioggia, il suo tamburellare bagnava il suo capo, riverso sul mio petto. Sentivo l'estremità dell'arto superiore dentro di me, si muoveva come una salamandra nell'acquitrino ai piedi dell'albero della vita.
Chiusi l'acqua, appoggiai il tergo alle piastrelle, erano fredde come la neve, ma il mio corpo rovente come lava le riscaldò immediatamente.

I singhiozzi del mio ventre erano senza controllo, riversi il punto estremo sul suo capo, la mia autorità si aggrappò alle sue spalle, come un naufrago che dopo aver lottato con il mare in burrasca si strema sulla spiaggia, conficcando con le ultime forze le mani nella sabbia per aver protezione e sicurezza.
La risacca del mare si spiaggiava tra le mia cosce, sentivo l'impeto e la forza del mare che spingeva contro il mio ventre, le mani

legavano la carne, la mia bocca mordeva i capelli bagnati; mi strinse forte per proteggermi dall'ultima onda, la più forte.

Iniziò a mondarsi, le sue creste sfiorarono il cielo cupo, raggiunse il culmine, e poi il suo rovescio impetuoso. Raccolse tutte le sue forze, scaraventandosi al di fuori del mio ventre e sormontando ogni cosa.

Il mio alito uscì dalle viscere come l'urlo del vento nella selva, frustando l'ugola messa davanti alla sua forza. Strinsi i capelli tra i denti per trattenere il più possibile quella forza viscerale che travolge ogni cosa.

Il mio respiro divenne come una valanga che si stacca dalle vette innevate, il mio ventre si rigonfiava come l'oceano staffilato dal maestrale, le mie acque fuoriuscirono senza controllo. Florianne si inginocchiò davanti alla cengia, io rimasi irta innanzi al trono, aspettavo di essere eletta imperatrice.

Ancora una volta il corvo spiegò le sue ali per partecipare al congresso, ma la regina dei cieli con i suoi artigli rivendicò la supremazia... il corvo ripiegò le sue possenti ali, con capo chino abbandonò il congresso, una regina era stata eletta imperatrice.

La regina si alzò lentamente, le sue labbra chiuse trattenevano l'inchiostro con cui viene scritta la vita. La sua bocca custodiva la vita, il suo calore manteneva allo stato liquido la carne, il sangue, le ossa, le viscere, l'anima sua si mescolava alla mia, un solo corpo, una sola anima, un solo battito. Avvicinò lentamente le sue labbra alle mie, l'imperatrice esigeva la sua vittoria.

Fin dalla notte dei tempi fu regina che nutrì l'imperatrice, e così sarà, finché via, vita e verità tenderanno il loro arco sacro.

Nota d'autore
Dedica alle donne

Il 20 luglio del 1969 l'uomo conquistava la Luna. Un grande passo per l'intera umanità. Lo stesso anno, il 28 giugno, a rivolta di Stonewall Inn sancisce i nuovi diritti LGBTQI. *Un altro grande passo d'amore e speranza.*

Il 20 luglio del 2019 vede la luce il mio primo libro. Non è una conquista né un evento che possa portare valore all'umanità, ma solo un personale omaggio a un piccolo pianeta chiamato Donna. Esso fa parte del nostro mondo ed è fetta fondamentale per l'intera umanità.

Nonostante tutto, risulta ancora inesplorato. La sua popolazione ha compiuto grandi passi, dimostrando all'intera umanità il suo valore in ogni campo. Essendo piccolo, non rientra a pieno titolo tra le scoperte più importanti e sensazionali dell'uomo, il quale se ne serve come elemento quantistico e moltiplicatore per stabilire risultati più o meno razionali dell'intera economia globale.

Un mondo nel mondo, con un linguaggio semplicissimo, tutto da comprendere e nel quale basterebbe aggiungere poco per renderlo ancora più eccezione.

Questo non significa necessariamente organizzare programmi particolari, i quali richiederebbero sforzi disumani per completare la sua scoperta, basterebbe assumersi la responsabilità di apprendere che questo mondo pur piccolo è un grande mondo, abitato da anime speciali, che andrebbero protette e preservate per il bene stesso dell'umanità.

Questo piccolissimo atto trasformerebbe un sogno in una vera meraviglia vivente, giorno dopo giorno.

Personalmente ho esplorato una piccolissima parte di esso, e facendone parte sono stata privilegiata, nonostante ciò non è stata un'avventura facile, anzi piuttosto ardua, che non si è ancora conclusa del tutto.

Forse una vita non sarà sufficiente per portare a termine la mia avventura, ma in tutta la mia consapevolezza posso sognare che se esiste un paradiso, esso si trova qui, sulla terra e si chiama Donna.

Stefy Liberato
12 Agosto 2019